O Profeta

AMÓS

FRANCINE RIVERS

O Profeta

AMÓS

Tradução
Eliana Rocha

Principis

Esta é uma publicação Principis, selo exclusivo da Ciranda Cultural
© 2023 Ciranda Cultural Editora e Distribuidora Ltda.

Traduzido do original em inglês
The prophet - sons of encouragement

Texto
Francine Rivers

Editora
Michele de Souza Barbosa

Tradução
Eliana Rocha

Preparação
Walter Sagardoy

Produção editorial
Ciranda Cultural

Diagramação
Linea Editora

Revisão
Mônica Glasser

Design de capa
Ana Dobón

Imagens
ArtMari/shutterstock.com

Dados Internacionais de Catalogação na Publicação (CIP) de acordo com ISBD

R622p   Rivers, Francine

O profeta: Amós - filho do encorajamento / Francine Rivers ; traduzido por Eliana Rocha. - Jandira, SP : Principis, 2023.
224 p. ; 15,50cm x 22,60cm. - (A linhagem da graça).

Título original: The prophet - sons of encouragement
ISBN: 978-65-5097-097-0

1. Literatura americana. 2. Religião. 3. Ficação. 4. Histórias bíblicas. 5. Coragem. 6. Reflexão. 7. Inspiração. I. Rocha, Eliana. II. Título. III. Série.

CDD 810
CDU 821.111(73)

2023-1492

Elaborado por Lucio Feitosa - CRB-8/8803

Índice para catálogo sistemático:
1. Literatura americana : 810
2. Literatura americana : 821.111(73)

1ª edição em 2023
www.cirandacultural.com.br
Todos os direitos reservados.
Nenhuma parte desta publicação pode ser reproduzida, arquivada em sistema de busca ou transmitida por qualquer meio, seja ele eletrônico, fotocópia, gravação ou outros, sem prévia autorização do detentor dos direitos, e não pode circular encadernada ou encapada de maneira distinta daquela em que foi publicada, ou sem que as mesmas condições sejam impostas aos compradores subsequentes.

Esta obra reproduz costumes e comportamentos da época em que foi escrita.

*Aos homens de fé que serviram
à sombra de outros.*

SUMÁRIO

Agradecimentos 9

Introdução 11

Um 13

Dois 46

Três 76

Quatro 107

Cinco 136

Seis 163

Epílogo 193

Procure e ache 195

O chamado 196

Mensagem para os outros 200

Mensagem para os parentes 205

Um apelo do profeta 211

Mensagem de restauração 215

a promessa do profeta 220

Sobre a autora 224

AGRADECIMENTOS

Desde o início da minha carreira de escritora, meu marido, Rick, me abençoou continuamente com seu encorajamento. Sem ele, talvez não tivesse tido coragem de enviar o manuscrito que iniciou minha jornada como escritora. Ele ouve minhas ideias, abre espaço para mim em seu escritório na Rivers Aviation, faz um ótimo café e edita o esboço final do projeto. E até acende a lareira para mim nas manhãs frias.

O Senhor também me abençoou com amigos encorajadores. Quero mencionar dois em particular: Peggy Lynch e o pastor Rick Hahn. Esses dois amigos amam Jesus desde a infância, têm uma paixão pela Palavra de Deus e são professores talentosos. Cada um desempenhou um papel importante em levar a mim e meu marido a Jesus, e ambos continuam a nos ensinar e nos encorajar em nossa caminhada com o Senhor. Que o Senhor os abençoe por sua bondade!

Quero agradecer a minha editora, Kathy Olson, e a Ron Beers por seu contínuo apoio e incentivo.

E quero agradecer a todos aqueles que oraram por mim ao longo dos anos e deste projeto em particular. Quando sou assaltada por dúvidas, o que muitas vezes acontece, lembro que vocês estão orando. Que o Senhor abençoe cada um de vocês por seu terno coração.

Que Jesus Cristo seja glorificado nesta história que nasceu de Sua Palavra. Que cada leitor seja encorajado a amar o Senhor com coração, mente, alma e força, e a andar em Seus caminhos diariamente. Jesus é a vida abundante e eterna. Bendito seja o nome do Senhor.

INTRODUÇÃO

Caro leitor,

Este é o quarto de cinco romances sobre homens de fé que serviram à sombra de outros. Eram orientais que viveram nos tempos antigos, e ainda assim suas histórias se aplicam à nossa vida e às questões difíceis que enfrentamos no mundo de hoje. Eles estavam no limite. Tiveram coragem. Correram riscos. Fizeram o inesperado. Viveram com ousadia e às vezes cometeram erros – grandes erros. Esses homens não eram perfeitos, e ainda assim Deus, em sua infinita misericórdia, os usou em seu plano perfeito para revelar-se ao mundo.

Vivemos tempos desesperados e conturbados, quando milhões procuram respostas. Esses homens apontam o caminho. As lições que podemos aprender com eles são tão válidas hoje como quando eles viviam, há milhares de anos.

São homens históricos, que realmente viveram. Suas histórias, como eu as contei, baseiam-se em relatos bíblicos. Para os fatos que conhecemos sobre a vida de Amós, ver o livro da *Bíblia* que leva o seu nome.

Este livro é também uma obra de ficção histórica. O contorno da história é fornecido pela *Bíblia*, na qual encontrei as informações oferecidas a nós. Sobre essa base, criei ações, diálogos, motivações internas e, em alguns casos, personagens adicionais consistentes com o registro bíblico. Tentei permanecer fiel à mensagem bíblica, acrescentando apenas o que foi necessário para auxiliar nossa compreensão da mensagem.

Ao final de cada romance, incluí uma breve seção de estudo. A autoridade máxima sobre as pessoas da *Bíblia* é a própria *Bíblia*. Encorajo você a lê-la para maior compreensão. Oro para que, enquanto a lê, você se conscientize da continuidade, da consistência e da confirmação do plano de Deus para as eras – um plano que inclui você.

Francine Rivers

UM

Eles estavam vindo.

Moviam-se rapidamente, mantendo-se abaixados, como faixas pretas silenciosas sob a luz que ia desaparecendo aos poucos. Amós não precisava vê-los ou ouvi-los para saber que o inimigo estava próximo. Sentia isso por instinto, afiado por anos de vida no deserto. Três ovelhas estavam faltando – a mesma mãe teimosa que o incomodava com tanta frequência e seus cordeiros gêmeos. Precisava agir sem demora.

Chamou o rebanho, e os cordeiros correram em sua direção. Sentiram a urgência e o seguiram até o aprisco. Ele fechou o portão atrás deles e o trancou. Certo de que estavam em segurança, agora estava livre para ir atrás dos perdidos.

Ele correu, e as pedras em sua bolsa chacoalharam. Tirou uma e a encaixou em sua funda.

Um cordeiro baliu, e ele correu em direção ao som, assustado. A tola ovelha-mãe continuou decidida a seguir seu caminho. Em vez de ficar nas pastagens verdes para onde ele a guiava, continuou a colher nas sarças e nos arbustos.

Amós viu os lobos. Ergueu o braço, e a funda emitiu um zumbido agudo antes que ele soltasse a pedra. Com um grito de dor, o líder da matilha caiu pesadamente, mas logo se recuperou.

Amós aproximou-se. Rosnando, o lobo avançou, rastejando, com os pelos eriçados. Os outros circulavam, os dentes à mostra, determinados. A ovelha não se moveu, congelada de medo, enquanto seus cordeiros indefesos baliam em confusão e medo. Quando um correu, um lobo saltou sobre ele. Antes que a fera pudesse afundar as mandíbulas na garganta do jovem cordeiro, Amós arremessou outra pedra. Essa acertou em cheio. O lobo caiu, com a pedra cravada no crânio.

A maioria dos outros lobos fugiu, mas o líder da matilha continuou desafiando-o. Amós arremessou sua clava e o golpeou com força no quadril. Com outro bramido de dor, o lobo fugiu mancando mato adentro e desapareceu.

O cordeiro estava imóvel. Amós ergueu-o com ternura e o examinou. Não tinha se ferido, mas estava mole em seus braços. Choque e medo o tinham matado.

Ele suspirou pesadamente. Quantas vezes aquela ovelha levara outros ao perigo? Quantas vezes ele a tinha salvado, apenas para ter de caçá-la novamente? Ele se importava profundamente com todas as suas ovelhas, até mesmo com aquela que habitualmente causava problemas. Mas não podia permitir que ela continuasse levando outros às garras dos predadores.

O outro gêmeo baliu em um lamento. A ovelha nem lhe deu atenção. Segura agora, moveu-se com o pescoço rígido, ruminando, e olhou uma vez para Amós antes de ir em direção ao mato. Balançando a cabeça, Amós colocou o cordeiro morto no chão, desembainhou sua faca e foi atrás dela.

O PROFETA

Quando fez o que tinha de fazer, Amós sentiu apenas tristeza. Se ela tivesse ficado por perto, não teria achado necessário acabar com a vida dela por causa dos outros. Ele carregou o gêmeo sobrevivente de volta ao redil.

Outra ovelha aceitou o cordeiro. Tendo terminado de mamar, o cordeiro saiu saltitando com os outros. Já tinha idade suficiente para mordiscar brotos tenros de grama. Amós se apoiou em seu cajado e observou os cordeiros brincarem. Riu de suas travessuras. Tudo parecia bem.

Um balido de angústia chamou sua atenção. Um dos carneiros tinha caído em um buraco e lá ficara, com as patas no ar.

– Calma, meu velho.

Duas vezes, o carneiro chutou Amós. Segurando-o com força, o pastor o puxou e o ergueu. O carneiro não conseguia andar.

– Aguente aí. – Amós o segurou firme entre os joelhos. Massageou o animal até que a circulação voltasse às pernas. – Vá em frente. – E deu um empurrão no carneiro.

O carneiro tropeçou uma vez e então caminhou com as pernas rígidas, cabeça erguida, ignorando Amós.

– Da próxima vez, encontre um lugar plano no qual descansar.

Amós se afastou do carneiro e fez uma rápida contagem do rebanho. Apertou os lábios.

O cordeiro estava faltando novamente.

Amós chamou as ovelhas e as conduziu à sombra dos sicômoros. Elas se ajeitariam rapidamente ali no calor da tarde. Examinou a área, esperando que o cordeiro ausente voltasse correndo.

Um urubu fez um amplo círculo sobre sua cabeça. Não demoraria muito até que outro se juntasse a ele. Não havia tempo a perder. Deixando os outros noventa e nove cordeiros, Amós dirigiu-se para o oeste. Cajado na mão, abriu caminho entre as rochas e arbustos, procurando, esperando encontrar o cordeiro antes que um predador o fizesse. A matilha de lobos manteve distância, mas havia leões naquelas colinas.

Chegando a uma elevação, Amós avistou o cordeiro parado perto de alguns arbustos. Ao se aproximar, viu que sua lã havia se enroscado em um espinheiro. Um puxão forte, e o cordeiro poderia ter se libertado, mas não estava em sua natureza fazê-lo. Em vez disso, ficaria parado até que chegasse o resgate, ou um predador, ansioso para fazer dele uma refeição.

Amós ficou sério, considerando o que fazer. Menos de uma semana atrás, fora forçado a matar a mãe do cordeiro. Sabia há meses que poderia ter de despachá-la, mas não o fez porque ela era perfeitamente proporcionada, com olhos bem definidos e alertas, e uma das ovelhas mais fortes do rebanho. Mas seus hábitos teimosos tinham posto em risco todo o oviário. Meia dúzia de vezes ele a havia resgatado, assim como sua prole. Esperava dar aos cordeiros mais tempo para serem totalmente desmamados e poderem viver por conta própria. Agora, parecia-lhe ter esperado demais, pois o cordeiro havia aprendido os maus hábitos da mãe.

– É isso ou a morte, pequeno. – O pastor tirou uma pedra da bolsa e pesou-a na mão. Muito pesada, mataria o cordeiro; muito leve, não serviria para discipliná-lo. Amós atirou a pedra, atingindo o cordeiro na perna dianteira, logo acima do joelho. Com um gemido assustado de dor, o cordeiro caiu.

Segurando as lágrimas, Amós foi até o cordeiro ferido e se ajoelhou.

– Estou aqui, pequeno. Prefiro feri-lo eu mesmo do que vê-lo sofrer um dano maior. – Sabia, após um exame superficial, que a perna estava quebrada, mas não estilhaçada. Ia curar. – Você deve ficar com o rebanho e não aqui, sozinho, onde a morte o encontrará.

Amós trabalhou rapidamente, atando a perna e puxando o cordeiro para fora do espinheiro.

– Sei que o machuquei, mas é melhor você sofrer uma lesão que vai curar do que se tornar o jantar de um leão. – Ele então passou a mão suavemente sobre a cabeça do cordeiro. – Você vai aprender a ficar perto de mim, onde estará seguro. – Segurou a cabeça do pequeno animal e soprou em seu rosto. – Não lute ou você causará mais dor a si mesmo.

Depois, gentilmente, Amós colocou o cordeiro nos ombros e o carregou de volta ao rebanho.

As cabras pastavam sob o sol quente, mas as ovelhas ainda descansavam à sombra, ruminando. O pastor sentou-se em uma pedra plana que lhe dava uma visão completa do pasto. Tirando o cordeiro dos ombros, ele o segurou mais perto.

– Você aprenderá a confiar em mim e não achará que pode encontrar uma forragem melhor por conta própria. Eu o conduzirei a pastos verdes e águas tranquilas. – Em seguida, Amós pegou alguns grãos de trigo do alforje que trazia na cintura e dividiu a comida com o cordeiro. – Às vezes preciso ferir para proteger. – E sorriu, enquanto o cordeiro comia de sua mão. – Você vai se acostumar com a minha voz e vir quando eu chamar. – Esfregando o talhe na orelha do animal, disse: – Você carrega a minha marca, pequeno. Você é meu. Deixe-me cuidar de você.

Amós olhou para os outros animais. Estavam contentes. Ainda havia muita grama. Decidiu que passaria mais uma noite ali. Na manhã seguinte levaria o rebanho para novos pastos. Muito tempo em um pasto, e as ovelhas ficavam inquietas e não se deitavam, pois começavam a competir por espaço. Muitos dias em um campo, e as moscas e mosquitos começavam a incomodar. As condições deviam ser adequadas para que as ovelhas ficassem em paz.

No final da tarde, as ovelhas se levantaram de seu descanso e começaram a pastar. Duas delas estavam se empurrando. Amós carregou o cordeiro consigo enquanto as separava com o cajado, colocando-se entre elas até que se afastassem.

— Há forragem suficiente para vocês duas.

A presença do pastor as acalmou, e elas baixaram a cabeça e voltaram a pastar.

De Jerusalém à região montanhosa, Amós conhecia cada pasto tão bem quanto a propriedade da família em Tecoa. Trabalhava parte de cada ano nos bosques de sicômoros perto de Jericó para pagar os direitos de pastagem. Riscar os figos dos sicômoros para forçar o amadurecimento era um trabalho tedioso, mas ele queria o melhor pasto para seu rebanho. Durante os meses de inverno, quando as ovelhas estavam abrigadas em Tecoa, ele saía para limpar juncos, aprofundar ou ampliar poços de água e consertar ou construir novos apriscos.

Uma ovelha saltou, assustada por um coelho. Ela começou a correr, mas Amós a pegou com a curva do cajado antes que ela pudesse espalhar o pânico.

Ele colocou a mão sobre ela para acalmá-la e falou baixinho:

— Estou com você. Não precisa ter medo.

Amós carregava o cordeiro consigo aonde quer que fosse e o colocava no chão, onde pudesse dormir à sombra. Alimentava-o com trigo e cevada e a melhor grama.

O carneiro velho fugiu novamente. Amós deixou o cordeiro perto da ovelha mais tranquila e foi em busca do velho vadio, que havia encontrado outro buraco no qual descansar. Estava dormindo e rolou o corpo de lado. Quando Amós se aproximou, o carneiro o couceou, mas só conseguiu rolar de costas, de patas para o ar.

Amós balançou a cabeça e riu.

— É uma pena que você não aprenda, meu velho.

Com a barriga exposta, o carneiro estava indefeso. Amós se inclinou para pegar o animal e colocá-lo de pé. Segurou-o firmemente entre os joelhos até ter certeza de que ele estava sentindo a força de suas pernas.

– Você sempre encontra um buraco, não é? – Massageou as pernas e deu um empurrão no carneiro. – Vá! E encontre um local plano na sombra desta vez.

O carneiro afastou-se com dignidade ferida, pernas rígidas, cabeça erguida. Logo encontrou um bom pedaço de grama.

Recuperando o cordeiro, Amós o colocou de novo nos ombros. Sentia uma grande paz ali, ao ar livre, longe de Jerusalém, longe do mercado e dos sacerdotes corruptos. Mas sentia falta da família. Às vezes quase podia ouvir a voz do pai: "Nós cuidamos dos rebanhos do templo, meu filho. É uma grande honra trabalhar para os sacerdotes".

Quando jovem, Amós se deleitava com isso! Até que descobriu a verdade sobre o relacionamento de sua família com o sacerdote Heled. Ele suspirou. Quase vinte anos havia se passado, mas sua desilusão estava mais viva do que nunca.

Quando Amós era criança, era comum Joram, servo de Heled, vir à casa da família de Amós e levar vários cordeiros manchados, deixando outros perfeitos para substituí-los. Quando Amós perguntou ao pai para onde os cordeiros manchados eram levados, ele dissera: "Para Jerusalém".

– Mas por que ele nos traz o mesmo número de cordeiros que leva? – Amós perguntou. Não conseguia entender, e as respostas do pai nunca o satisfaziam.

Então, durante uma visita a Jerusalém para um festival anual quando tinha onze anos, ele havia observado tudo o que acontecia ao redor das tendas que seus irmãos mais velhos administravam, e o que viu o perturbou muito.

— Pai, esses não são os cordeiros que Joram pegou há uma semana?
— Sim.
— Mas Deus não exige cordeiros sem defeitos para o sacrifício? Aquele ali tem o casco danificado, e aquele outro tem uma mancha dentro da orelha. Posso lhe mostrar.
— Fique quieto, Amós!

Confuso, Amós segurou a língua. Observou um sacerdote examinar um cordeiro. Amós se aproximou e viu que o animal era perfeito, mas o sacerdote balançou a cabeça e apontou para as baias. Franzindo a testa, o homem levou o cordeiro que havia trazido para o sacrifício ao irmão de Amós. Bani colocou-o em uma baia e depois pegou o cordeiro com a mancha dentro da orelha e o entregou. O homem discutiu, mas Bani o dispensou com um gesto. Quando o homem voltou ao sacerdote, o novo cordeiro foi aceito, mas não antes de o homem pagar uma multa pela troca.

— Você viu isso, pai? O sacerdote...
— Pare de encarar! Você quer causar problemas?
— Mas o cordeiro que o homem trouxe originalmente é melhor do que o que Bani lhe deu. Deus não ficará satisfeito.
— Heled rejeitou o sacrifício do homem. Isso é tudo que você precisa saber.
— Mas por quê? O que há de errado nisso?

O pai agarrou os ombros de Amós e o encarou.

— Nunca questione o que os sacerdotes decidem! Nunca! Entendeu?

Amós estremeceu com a reprimenda. Não entendia, mas sabia que não deveria fazer mais perguntas. O pai o soltou. Ao se endireitar, Amós viu que Heled lhe fazia cara feia e acenou para o pai de Amós.

— Preciso falar com Heled. Espere aqui.

Amós os observou. Enquanto Heled falava, o pai mantinha os olhos baixos e só assentia.

Ahiam agarrou Amós.

– O pai disse para você não olhar, não foi? Vá buscar comida para os cordeiros.

Amós correu para cumprir a ordem do irmão.

Quando voltou, o pai o chamou de lado.

– Lembre que os sacerdotes são servos do Senhor, Amós. Veem imperfeição onde não vemos, e suas decisões são lei. Se você questionar seu julgamento, eles dirão que você questiona o próprio Deus. Eles o barrariam da sinagoga e do templo. E então o que aconteceria? Você se tornaria um pária sem nenhum meio de ganhar a vida. Teria que se vender como escravo.

Amós baixou a cabeça e piscou para conter as lágrimas.

O pai apertou-lhe o ombro.

– Sei que você não entende o que está acontecendo aqui. – Ele suspirou. – Mas deve confiar em mim, Amós. Não diga nada sobre os cordeiros, bons ou ruins. E não preste atenção ao que Heled faz. Isso o incomoda. Os sacerdotes são muito poderosos e devem ser tratados com grande respeito. Somos apenas mercenários pagos para cuidar dos rebanhos do templo. Isso é tudo. Talvez um dia tenhamos nossas próprias ovelhas e possamos ser livres novamente.

Depois daquele dia, Amós começou a observar tudo o que acontecia nos arredores de Tecoa, em Jerusalém e ao redor do templo.

A descoloração dos cordeiros desaparecera sob os cuidados de seus irmãos.

– Somos milagreiros! – Ahiam riu, mas, quando Amós examinou um, encontrou a lã enrijecida com uma substância branca que se desprendeu em seus dedos.

– O pai vai tirar sua pele – disse Amós a Bani.

Ahiam ouviu e o derrubou de costas no chão.

– O pai sabe, seu nanico.

Na próxima vinda de Joram, Amós percebeu que o servo do sacerdote escolheu deliberadamente cordeiros mais fracos. Assim que Amós encontrou o pai sozinho, relatou o que havia observado.

O pai olhou para os campos e disse:

– Um cordeiro é igual a qualquer outro.

– Mas isso não é verdade, pai. Você mesmo me disse que cada cordeiro é diferente e...

– Falaremos sobre isso mais tarde, Amós. Temos muito trabalho a fazer agora.

Mas esse dia nunca chegou, e toda vez que Amós ia com o pai a Jerusalém, temia que Deus fizesse algo horrível quando um daqueles cordeiros manchados fosse oferecido como sacrifício.

– O que há de errado com seu irmão? – Heled fez uma careta enquanto falava com Ahiam.

– Nada. Não há nada errado com ele. Ele está quieto, só isso.

– Quieto... e todo olhos e ouvidos.

Ahiam deu um tapa forte nas costas de Amós. Quando agarrou Amós, seus dedos cavaram fundo e o sacudiram, enquanto sorria falsamente, com um olhar perverso.

– Ele ainda não está acostumado com a vida na cidade.

– Faça com que ele se acostume! – Heled começou a se afastar e então olhou por cima do ombro. – Ou o mantenha longe de Jerusalém.

Ahiam encarou Amós e ordenou:

– Seja útil. Adicione ração às caixas se tiver que ficar por aqui. Faça outra coisa além de só ficar observando.

Amós trabalhou em silêncio, de cabeça baixa, com medo. Manteve-se pensativo e ocupado pelo resto do dia. Falou tão pouco que a família ficou preocupada quando se reuniu para a ceia da Páscoa.

– Qual é o problema, irmãozinho? Não está se sentindo bem?

– Ele está preocupado com os cordeiros – disse Ahiam em um tom sombrio. – É melhor você dizer a ele, pai.

– Ainda não.

– Por que não? Ele tem idade suficiente para entender. – A expressão de Ahiam era tenebrosa. – Acho que ele já descobriu a maior parte por conta própria.

– Mais tarde.

Amós não estava com fome. Sentiu-se como um pária e lutou contra as lágrimas. Mas tinha que saber, e então perguntou novamente:

– Por que Joram pega os cordeiros fracos e deixa os bons?

O pai baixou a cabeça.

Com um ar arrogante, Ahiam respondeu:

– Por que abater um cordeiro perfeito quando um com uma mancha servirá igualmente bem?

A esposa de Ahiam, Levona, baixou a cabeça enquanto virava o cordeiro no espeto sobre o fogo.

– Que desperdício matar um cordeiro premiado que ainda pode se reproduzir dez vezes!

Por um momento, o único som na sala foi o estalo e o silvo da gordura que pingava nas brasas.

Ninguém olhou para Amós.

– Nosso cordeiro é perfeito?

– Claro que é perfeito! – Bani explodiu. – Você acha que ofereceríamos algo menos?

– Mas e os outros? Os fracos do nosso rebanho? – Amós perguntou, virando-se para o pai, depois para Bani e Ahiam. – A Lei diz que apenas cordeiros perfeitos são aceitáveis como sacrifícios no templo. Mas Joram trouxe os fracos de Tecoa, e esses foram os que você trocou hoje. – O coração de Amós batia fortemente, enquanto a tensão aumentava.

Levona manteve os olhos no cordeiro assado. Mishala, esposa de Bani, colocou as ervas amargas na mesa. Bani olhou para o pai com uma expressão de dor.

Ahiam bateu com os punhos na mesa, fazendo todos pularem.

– Diga a ele, pai, ou eu direi! Quem decide se a Lei foi cumprida, Amós?

– Deus.

– E quem fala em nome de Deus?

– Os sacerdotes.

– Sim! – Ahiam o encarou. – Os sacerdotes! Os sacerdotes decidem qual cordeiro é adequado e qual não é.

O pai suspirou.

– Você viu quem mandou aquelas pessoas para nossos redis, Amós.

– Os sacerdotes. Mas é assim que deveria ser?

– É assim que é. – O pai parecia desgastado, derrotado.

O medo dominou Amós.

– O que o Senhor fará? Ele está satisfeito?

Ahiam serviu vinho.

– Que sinal vemos de que o Senhor não se agrada do que lhe é dado? Os sacerdotes ficam mais ricos a cada ano. Estamos perto de pagar todas as nossas dívidas familiares. A nação prospera. O Senhor deve estar satisfeito.

Bani fez uma careta enquanto comia as ervas amargas.

– Você foi ensinado como todos nós, Amós. As riquezas são a recompensa da justiça.

Deus disse que abençoaria aqueles que obedecessem aos seus mandamentos, garantindo que aqueles que o amassem tivessem uma vida de abundância. O pai de Amós lhe ensinara o que significava uma bela casa, rebanhos e manadas, pomares de árvores frutíferas, oliveiras, um vinhedo e muitos filhos. Os sacerdotes tinham todas essas coisas e muito mais, e seu pai e irmãos estavam trabalhando duro para o mesmo fim. Deveria ele questionar coisas que não entendia?

Confuso, desanimado, Amós lutou contra os pensamentos que lhe passavam pela mente.

Quando o pai se levantou, Amós o seguiu. Túnicas cingidas, sandálias nos pés, tinham comido a ceia da Páscoa em pé, em memória da libertação dos hebreus do Egito.

Onde está Deus agora?, Amós se perguntou.

– Coma, Amós.

– Não estou com fome.

O pai mergulhou pão sem fermento na água salgada que representava as lágrimas que os hebreus haviam derramado quando eram escravos no Egito. Todos comeram em silêncio. Quando a refeição acabou, o pai de Amós, Ahiam e Bani sentaram-se, enquanto Lévona e Mishala limpavam a mesa e as crianças iam brincar em outra sala.

Ahiam olhou para o nada, um músculo se contraindo em seu rosto. Bani sentou-se com a cabeça baixa.

O pai limpou a garganta e se virou para Amós.

– É hora de você entender o que fazemos. Você deve conhecer toda a história para entender.

O coração de Amós começou a bater forte.

– Seu bisavô ficou endividado. Era uma época de guerra, e os sacerdotes cobravam multas mais altas sobre oferendas pelos pecados para arrecadar dinheiro para o exército. Seu avô pagava o que podia, mas a cada ano os juros aumentavam e a dívida crescia em vez de diminuir. Quando ele morreu, meu pai continuou a pagar a dívida. Àquela altura, devíamos tanto que não havia esperança de saudá-la. Quando meu pai morreu, herdei a dívida. Heled veio até mim em Tecoa e me ofereceu uma maneira de pagar a desgraça de nossa família. Como não queria que isso recaísse sobre você, seus irmãos ou qualquer um de seus filhos, eu concordei.

Os olhos de Ahiam ensombreceram.

– Se o pai não tivesse concordado, seríamos todos escravos. Você entende agora, irmãozinho?

– Não há razão para descontar sua raiva nele, Ahiam – falou o pai, colocando a mão no ombro de Amós. – Heled nos contratou para cuidar dos rebanhos de cordeiros que foram trazidos como presentes para Deus.

O estômago de Amós se revirou.

– Assim, os sacerdotes pegam os cordeiros perfeitos destinados a Deus e os dão a nós para cuidarmos, e eles dão os mais fracos para as pessoas sacrificarem no templo.

Ninguém falou.

– Sim – Ahiam disse finalmente. – Sim, é exatamente isso que fazemos porque não temos escolha.

Tudo estava ficando claro para Amós, que estremeceu enquanto pensava em voz alta: "Assim, os sacerdotes guardam os cordeiros perfeitos. Eles produzirão lã valiosa ano após ano. Então forçam as pessoas a comprar cordeiros imperfeitos para sacrificar e ganham dinheiro assim também". E, olhando para o pai, falou para si: "E ainda por cima fazem o povo pagar uma multa pela troca! Por que o pai e os irmãos não tinham ficado tão indignados quanto ele?".

Bani apoiou os braços na mesa e apertou as mãos.

– Temos nossa herança de volta, Amós, a terra que Deus deu aos nossos pais que atravessaram o rio Jordão.

– A dívida está quase quitada – o pai acrescentou calmamente.

– Quando você tiver dezesseis anos, ela estará paga.

Ahiam se levantou e lhes deu as costas. Bani olhou para Ahiam e então falou baixinho.

– Eles são sacerdotes, Amós. Não ousamos questioná-los. Entende?

– Servimos ao Senhor! – Ahiam exclamou. – Cuidamos dos rebanhos do templo. Há honra nisso.

Honra? Amós baixou a cabeça. *Estamos roubando de Deus.* Lágrimas brotaram de seus olhos.

O pai se levantou e saiu da sala.

Bani suspirou.

– O pai não teve escolha. Nenhum de nós tem escolha.

– Não somos os únicos – falou Ahiam. Ao encontrar os olhos de Amós, viu que seu rosto estava sério. – Isso é feito desde que me lembro.

– Todos os sacerdotes fazem a mesma coisa? – Amós perguntou.

– Nem todos – respondeu Bani.

Ahiam bufou.

– Mas você não os ouve dizendo nada contra aqueles que o fazem. Deus deu o cetro à tribo de Judá, mas deu aos levitas o sacerdócio. E é nisso que reside verdadeiramente o poder. Eles podem interpretar a Lei da maneira que quiserem. Usam-na para coagir as pessoas. É melhor ficarmos do lado deles do que contra eles.

– Quando você for um pouco mais velho, estará livre de tudo isso, Amós – falou o pai ao retornar para a sala. – Quando você for um homem, teremos terminado com isso.

– Vivemos melhor agora do que antes de nosso acordo com Heled – disse Ahiam, mas seus olhos revelavam amargura.

A raiva cresceu dentro de Amós.

– Não é certo o que os sacerdotes fizeram com você, pai. Não está certo!

– Não, não está. Mas a gente se adapta ao modo como as coisas são, meu filho. E elas são assim há muito tempo.

Abalado, Amós ficou imaginando se Deus seria verdadeiramente santo. Era realmente justo? Se fosse, por que permitia que essas coisas acontecessem em seu templo? Por que um Deus justo e santo recompensaria homens corruptos e ardilosos que usavam mal o seu nome?

As revelações daquela noite haviam espalhado sementes de raiva, que fizeram brotar rebentos de amargura no coração de Amós. Daquele dia em diante, ele odiou as visitas obrigatórias a Jerusalém. Não prestou mais atenção aos sacerdotes e ao que eles diziam, concentrando-se em visitar os irmãos, suas esposas e filhos. Fez as oferendas exigidas pela Lei apenas porque eram necessárias para os negócios. Amós sempre escolhia o melhor cordeiro e procurava um sacerdote que examinasse bem o animal. Fazia isso para evitar a multa, em vez de agradar a Deus.

Em sua mente, essa era uma pequena rebelião, uma maneira de se vingar de Heled sem correr o risco de retaliação contra o pai.

Naqueles dias, não pensava mais em Deus. Com tudo o que tinha visto ao redor dos currais do templo, acreditava que Deus havia se esquecido deles e que todos os rituais serviam para beneficiar os homens, e não para honrar um monarca silencioso que reinava alto nos céus. Deus virá? Deus ouvirá? Ele se importava com o que acontecia em seu próprio templo?

O pai de Amós não viveu o suficiente para ver a dívida da família paga. Muito depois de ter sido enterrado, Bani e Ahiam continuavam a trabalhar para os sacerdotes nas tendas em Jerusalém. Anos de hábito, conveniência e prosperidade sufocaram a honestidade. Amós permaneceu entre os pastores de Tecoa, cuidando de seu rebanho de cabras e ovelhas. Sentia-se em paz nas colinas e vales de Judá, sozinho com suas ovelhas. A cada ano, sentia-se menos capaz de tolerar as ruas movimentadas de Jerusalém – as multidões tagarelas, vendedores ambulantes gritando e escribas discutindo. Aliviado quando suas obrigações eram cumpridas, saía ansiosamente dos confins daquelas grandes muralhas e retornava aos campos abertos, onde o sol brilhava, o vento soprava e podia respirar ar puro novamente.

O profeta

A vida não era fácil, mas era simples sem as intrigas, coerções ou pressões que ele sabia que os irmãos viviam no dia a dia. Tinham passado tantos anos nos apriscos, cuidando de animais encurralados e lidando com Heled e outros como ele, que não conheciam outra maneira de viver. Tornaram-se mercadores, acostumados ao comércio, e não viam o resultado de seu trabalho da mesma forma que Amós. Não ficavam no templo cheios de perguntas, zangados e angustiados.

Amós odiava ver homens humildes, que só tinham o suficiente para viver, enganados por sacerdotes que ficavam mais ricos a cada ano. Os homens vinham para orar e, em vez disso, eram espoliados. Talvez Deus não soubesse o que acontecia em seu templo. Talvez não se importasse.

– Você pouco fala, irmãozinho. Viveu muito tempo com suas ovelhas. Esqueceu como é viver entre os homens.

– Não tenho nada a dizer. – *Nada que alguém gostaria de ouvir.*

Amós ganhara o suficiente de seu rebanho para plantar algumas oliveiras e um vinhedo. Com o tempo, contratou servos, que recebiam uma parte das colheitas como pagamento pela supervisão da vinha, das oliveiras e dos pequenos campos de trigo e cevada.

Amós não tinha esposa, nem desejo de encontrá-la. Estava muito ocupado trabalhando perto de Jericó por direitos de pastagem, cuidando de seu rebanho em crescimento e podando e cortando os frutos de seus sicômoros. Guardava a parte de que precisava e vendia o resto como forragem para o gado. Pelo menos, estava livre agora. Livre das garras de Heled, livre para fazer as próprias escolhas. Sabia que não devia mostrar desrespeito, para que uma multa não fosse criada para escravizá-lo novamente.

À medida que seu rebanho crescia, Amós pediu a Bani e também a Ahiam que enviassem seus filhos para ajudar.

– Dentro de alguns anos, cada um terá seu próprio rebanho. O que farão com isso, eles decidirão. – Mas era uma oportunidade de se libertar.

Bani enviou Ithai, e Ahiam enviou Elkanan, e Amós ensinou-lhes tudo o que sabia sobre cuidar de um rebanho. Quando sentiu que estavam prontos, deu a cada um deles um carneiro e dez ovelhas para começarem.

– Qualquer aumento que vier será seu. – Talvez eles levassem a vida como ele e não seguissem os caminhos dos pais.

Amós sabia pouco do que acontecia no reino enquanto cuidava de seu rebanho, mas, quando fez peregrinações a Jerusalém, seus irmãos lhe contaram o que ouviram durante os meses em que ele esteve em pastagens distantes.

Judá estava prosperando sob o governo do rei Uzias, embora as relações com as dez tribos de Israel ainda fossem hostis. As tribos que haviam se separado do filho tolo de Salomão continuaram a adorar os bezerros de ouro em Betel e Dã. Jeroboão II agora governava, e Samaria havia se tornado uma grande cidade a apenas dois dias de viagem de Jerusalém. O rei Jeroboão recuperou terras e cidades perdidas de Lebo-Hamate ao mar Morto, expandindo os limites de Israel para os do tempo do rei Davi e do rei Salomão. Em um movimento ousado para ganhar mais poder, capturou Gileade, Lo-Debar e Karnaim, todas importantes cidades-fortalezas ao longo da Estrada do Rei. Dessa forma, controlavam a principal rota comercial do vale do rio Tigre-Eufrates até o golfo de Aqaba e o Egito. O comércio agora florescia com a passagem segura de caravanas de Gabal e Síria ao norte e Egito e Arábia ao sul.

Desde a infância, Amós havia testemunhado a obra do rei Uzias em todo o reino de Judá. O rei consertara as defesas de Judá, reorganizara e equipara melhor seu exército, construíra torres em Jerusalém, no Portão da Esquina e no Portão do Vale, e fortificara os contrafortes. Também havia construído torres no deserto para vigiar os filisteus e os edomitas. Equipes de trabalho haviam construído cisternas para que houvesse água para onde quer que o exército se movesse. Quando Uzias foi à guerra contra os filisteus, triunfou e derrubou os muros de Gate, Yavne e Asdode. Os escravos agora se dedicavam à tarefa de reconstruir as cidades-fortalezas que guardavam a rota comercial chamada de Caminho do Mar.

A casa de Amós, em Tecoa, ficava a apenas onze quilômetros da cidade de Jerusalém, mas longe o suficiente para lhe permitir concentrar-se em seus empreendimentos. Amós via as mudanças em Jerusalém e no campo ao mover seu rebanho de um pasto para outro, mas passou pouco tempo contemplando os costumes dos reis e das nações. De que lhe adiantaria se apoiar em seu entendimento quando não tinha nenhum? Por que incomodar a mente com assuntos sobre os quais não tinha controle? Poderia mudar qualquer coisa que tivesse acontecido em Judá, na Assíria, no Egito ou em Israel? Não! Enquanto os irmãos elogiavam Uzias ou se preocupavam com a ameaça de inimigos, Amós se concentrava em suas ovelhas. Pagava dízimos e oferendas aos sacerdotes, visitava brevemente os irmãos e suas famílias, e depois voltava para Tecoa e para as pastagens com seu rebanho. Ali ele se sentia em casa.

Ao ar livre com suas ovelhas, sentia-se livre, mesmo sabendo que a liberdade poderia lhe ser facilmente arrancada. A céu aberto, Amós podia acreditar em Deus. Em Jerusalém, vendo e ouvindo como os sacerdotes viviam enquanto afirmavam representar Deus, Amós ficou desanimado. Por que estudar a Lei quando os sacerdotes poderiam mudá-la quando quisessem? E depois havia as tradições para adicionar um fardo ainda maior! Ele preferia alguns salmos selecionados, escritos por Davi, um rei que havia crescido como pastor. Davi tinha entendido o prazer de andar pela terra, cuidando de suas ovelhas, dormindo sob as estrelas espalhadas pelo céu noturno.

Às vezes, quando as ovelhas estavam inquietas ou perturbadas, Amós tocava sua *zamora*, a flauta de junco que havia feito, ou cantava salmos para confortá-las.

Cada vez que ele se aventurava dentro dos muros de Jerusalém, guardava sua fé inquieta, para que um calcanhar sacerdotal não a esmagasse. Protegida, preciosa, ele a mantinha escondida. E ela cresceu de maneira que ele não esperava.

– Venham, ovelhas! – Amós chamou enquanto se dirigia para o aprisco que havia construído no ano anterior. As ovelhas vieram correndo, agrupando-se e seguindo logo atrás dele. Ele abriu o portão e usou o cajado para separar as cabras em outra área. Então, verificou cada ovelha cuidadosamente em busca de ferimentos ou indícios de doença.

Deitou-se na entrada enquanto as ovelhas dormiam em segurança no aprisco. Acordaria ao menor sinal. Conhecia o som de todas as espécies de insetos e ouvia os predadores. Quando um lobo uivou de uma colina distante, ele se sentou. Um cordeiro baliu.

– Fique quieto. Estou aqui.

Levantando-se, manteve os olhos nos lobos que corriam ao luar. Quando eles se aventuraram para mais perto, usou a funda para acertar uma pedra no líder da matilha. O lobo recuou com um ganido. O bando o seguiu, desaparecendo na colina. O cordeiro se levantou e se moveu, nervoso, trêmulo.

Ao entrar no aprisco, Amós ergueu o cordeiro ferido para protegê-lo de mais ferimentos. Pegou-o nos braços e acariciou-lhe a cabeça e as orelhas macias.

– Descanse agora. Você não tem nada a temer. Eu nunca o deixarei.

Ficou por muito tempo no meio das ovelhas, esperando que se acomodassem e dormissem como o cordeiro em seus braços. Sua presença as acalmou. Uma por uma, elas se deitaram novamente. Ele colocou o cordeiro no chão e voltou para o portão estreito, servindo de barreira contra qualquer coisa que pudesse ameaçar o rebanho. Então fechou os olhos e dormiu, com o bastão e o taco à mão.

Levantando-se com o amanhecer, Amós abriu o portão. À medida que cada ovelha passava sob seu cajado, ele a parava e a examinava. Separando a lã, verificou a pele em busca de crostas e passou as mãos sobre o animal para sentir qualquer sinal de problema. Esfregou uma mistura de óleo, enxofre e alcatrão ao redor dos olhos e do nariz de cada uma para manter as moscas afastadas. Uma mancou, e Amós removeu uma pedra cravada em seu casco. Endireitando-se, bateu nela com o cajado e a observou saltar para o campo. Um cordeiro tentou passar por ele. Ele enganchou a ponta do cajado no pescoço dele e o virou de volta.

– Um dia você vai aprender a ficar de pé e esperar.

Quando a última ovelha foi examinada e cuidada, ele colocou o cordeiro ferido sobre os ombros, fechou o portão e saiu com o rebanho. Conduziu-o a novos pastos verdes. Alegre, Amós observou os animais se espalharem para pastar. As ovelhas adoravam encontrar tufos grossos de grama. Os cordeiros brincavam enquanto as ovelhas e os carneiros pastavam.

Apoiado em seu cajado, Amós vigiava, encontrando prazer no contentamento do rebanho.

A primavera chegou, trazendo enxames de mosquitos que eclodiam perto dos riachos e poços de água. Amós passou óleo no rosto das ovelhas para repelir os insetos. Mas, mesmo com esse remédio, as ovelhas balançavam a cabeça e batiam as patas, incomodadas com o zumbido constante. Quando uma fugia, outras a seguiam. Amós geralmente conseguia detê-las antes que se enroscassem no mato.

Ele conduziu seu rebanho para os pastos mais áridos perto de Tecoa, onde conhecia o melhor lugar, pois havia passado um longo e frio mês de inverno limpando rochas, arrancando arbustos e raízes para que mais grama pudesse crescer. O pasto rico longe do tormento das moscas renovava as forças das ovelhas cansadas, e havia árvores suficientes para fornecer sombra contra o calor do dia.

A perna do cordeiro havia curado. Depois de tantas semanas sendo carregado e cuidado, o animal havia se ligado a Amós. Pastava perto dele e o seguia aonde quer que fosse. Quando ele se sentou, o cordeiro descansou em sua sombra e ruminou.

Os poços de água secavam no calor do verão, mas as ovelhas tinham água suficiente e pastavam ao amanhecer, quando a grama estava encharcada de orvalho. As ovelhas produziam bastante leite para engordar os cordeiros.

Amós levou o rebanho a Tecoa para a tosquia. A lã estava tão espessa que seu peso podia tornar um animal incapaz de se levantar do chão macio que tantas vezes procurava para descansar. Ovelhas castradas eram presas fáceis. Embora as ovelhas odiassem ser tosquiadas, saíam com vigor renovado depois que o trabalho era feito. Amós entregou os grossos feixes de lã com cheiro de lanolina para trabalhadores que removeriam as rebarbas e detritos, lavariam a lã e a preparariam para a venda.

Amós deixou as ovelhas nos campos que havia plantado com grãos e legumes. Os animais festejaram por uma semana, e então ele os levou novamente para pastagens mais frias nas montanhas. Conhecia todas as ravinas e cavernas entre Tecoa e os prados das montanhas onde mantinha o rebanho pelo resto do verão. Quando encontrou o rastro de um leão, colocou-se entre o rebanho e o mato no qual a fera poderia ter se escondido.

Preparado para agir, Amós encheu a bolsa de pedras. O leão era o mais astuto dos animais, paciente, vigilante, capaz de aproveitar a oportunidade perfeita para matar. Cajado na mão, Amós vigiava de perto o mato no qual alguma fera poderia estar à espreita. A ovelha não tinha defesa. Não podiam correr como uma gazela, nem tinham dentes ou garras para revidar o ataque. Atacadas, muitas vezes ficavam tão assustadas e confusas que se dispersavam ou, pior ainda, ficavam paradas. Ele tinha visto ovelhas congelarem com o rugido de um leão, mas correrem aterrorizadas quando assustadas por um coelho.

Ouvindo cada som de pássaro, observando cada movimento da grama, Amós guardava o rebanho. Se uma das ovelhas se desviasse por uma curta distância, ele a chamava. Se ela não voltasse, ele usava o cajado ou jogava nela seu porrete.

Uma codorniz explodiu no ar do lado oposto do rebanho. Um rugido arrepiante despertou a atenção de Amós.

Metade das ovelhas se espalhou; as outras continuaram paradas, aterrorizadas demais para se moverem, quando uma leoa irrompeu da grama alta e foi direto para um dos cordeiros.

Amós usou a funda e uma pedra para detê-la. A pedra atingiu a leoa, que caiu pesadamente em meio às ovelhas, que baliram e se dispersaram. Atordoada apenas, a leoa saltou de pé. Amós correu para ela com a clava na mão. Agachada, ela rugiu em feroz frustração. Quando ela o atacou, ele a espancou. Ela passou as garras pelo braço direito dele enquanto caía. Então, ele sacou a faca e correu para ela, mas ela se levantou, recuou e o arranhou. Quando ele não recuou, ela rugiu em desafio e desapareceu no mato.

Ofegante, com o coração acelerado, Amós embainhou a faca e recuperou a clava antes de verificar seus ferimentos. Estancou o fluxo de sangue rapidamente, mantendo o olho nos arbustos. A leoa voltaria em qualquer oportunidade.

– Venham, ovelhas!

O rebanho correu para ele. Carneiros, ovelhas e cordeiros se agruparam enquanto ele os conduzia para um lugar seguro. Ele continuou procurando sinais da leoa. Se tivesse um dos sobrinhos com ele, Amós a teria rastreado e matado. Mas, sozinho, não deixaria o rebanho desprotegido com um leão tão perto.

As ovelhas rapidamente esqueceram o perigo e se espalharam para pastar. Amós cuidou dos ferimentos enquanto vigiava, andando ao redor delas para mantê-las juntas. O cordeiro seguia em seus calcanhares. Uma ovelha dominadora empurrou outra para longe da melhor grama e se manteve firme, defendendo seu lugar. Quando um cordeiro chegou muito perto, a ovelha baixou a cabeça e o atacou.

Amós bateu nela com o cajado.

– Há grama suficiente para todos.

Parecendo descontente, ela ruminou por alguns minutos, mas baixou a cabeça novamente quando o cordeiro se aproximou. Amós bateu nela com mais força. Assustada, ela baliu, afastou-se para um lado e baixou a cabeça novamente. Dessa vez, Amós a espancou. Quando a disciplina terminou, a ovelha afastou-se, orgulhosa, com as pernas rígidas, para outro pedaço de grama. Balançando a cabeça, Amós ficou de olho nela.

Batidas e empurrões costumavam deixar os animais nervosos e irritados. Quando o descontentamento se instalava, o apetite diminuía e todo o rebanho sofria. Uma ovelha intimidadora pode causar mais problemas a um rebanho do que um leão.

Com a aproximação do fim do verão, Amós levou suas ovelhas para os pastos mais distantes das terras baixas. Tendo pagado pelos direitos de pastagem com longas e duras horas, dias e semanas cortando os frutos do sicômoro, agora seus animais se beneficiavam de seu trabalho, engordavam e viviam contentes.

As noites tornaram-se frias. Moscas e insetos desapareceram. As folhas ficaram vermelhas e douradas. Amós fazia fogueiras para se aquecer à noite.

Os carneiros entraram na rotina. Com os pescoços inchados, eles se pavoneavam como monarcas orgulhosos em meio a um harém. Para evitar que se machucassem, Amós esfregou a cabeça deles com graxa espessa antes de soltá-los no pasto. Eles corriam, batiam cabeças e se encaravam. Muitas vezes tropeçavam e caíam uns sobre os outros. Confusos, atordoados, se levantavam, parecendo quase embaraçados. Aqueles carneiros só pensavam nas ovelhas! E não demorou muito para que voltassem a se atacar. Teimosos, tentavam enroscar os chifres, e Amós tinha que se pôr entre eles com a clava.

Os dias ficaram mais frios, as noites mais longas. Amós conduziu o rebanho de volta para Tecoa, onde as ovelhas passariam o inverno nos currais. Embora movesse o rebanho todos os dias, dava-lhe tempo para se deitar em pastos verdes e descansar. Conduziu-o pelos vales, mantendo-o longe das sombras na qual os predadores espreitavam. Ungia a cabeça de cada ovelha com óleo e tratava todas as feridas, a maioria delas infligida umas às outras.

A primeira visão de Tecoa sempre enchia Amós de emoções confusas. Foi revigorante voltar para casa depois de longos meses de solidão. Seu tempo fora de casa chegava ao fim e ele ansiava por saborear as refeições quentes das cunhadas. Mas em Tecoa ele teria que cuidar dos negócios, encontrar outros pastores, lidar com o mercado em Jerusalém, bem como com os sacerdotes corruptos que o controlavam, e enfrentar os irmãos, que reclamavam e se afligiam, mas nunca mudavam de atitude. Preferia passar seus dias cuidando de ovelhas e suas noites sob o dossel estrelado do céu do que viver nos confins de uma casa. Mas mesmo uma casa era preferível ao caos e à cacofonia dos mercados lotados perto do templo.

Amós se consolava fazendo planos.

Assim que os animais fossem invernados e cuidados por servos de confiança, e os negócios e obrigações religiosas terminados, ele voltaria e examinaria a rota para o próximo ano. Passaria um mês arando e plantando o pasto perto de Tecoa, depois trabalharia nos bosques de sicômoros em Jericó. Arrancaria plantas venenosas, removeria detritos de poços de água, consertaria apriscos e caçaria e mataria aquela leoa problemática.

Na primavera, a rota estaria pronta para o rebanho.

– Ithai e Elkanan partiram há oito dias – disse Eliaquim a Amós. – Seus cordeiros já foram levados para Jerusalém.

Joram fez uma careta para ele e caminhou até o aprisco que continha os cordeiros manchados.

– E esses? – ele apontou. – Vou pegar aquele, e aquele outro ali.

Ambos tinham manchas que poderiam ser facilmente cobertas.

– Já os vendi – Amós mentiu.

Joram virou-se, os olhos sombrios.

– Heled não ficará satisfeito com isso, Amós.

Amós tentou não demonstrar o quanto aquela notícia o agradou.

– Você sabe que temos um acordo conveniente há anos.

Conveniente?

Joram ergueu as sobrancelhas.

– Tem beneficiado a todos nós, não é?

Negar seria declarar guerra aos sacerdotes que vinham usando o pai e os irmãos por anos. Amós sabia que devia agir com cuidado ou arriscar-se a receber acusações de pecado e culpa por qualquer infração que o sacerdote miserável pudesse encontrar, ou inventar. Mesmo com as dívidas da família quitadas, o sacerdote achava que tinha a posse deles.

Decidido a não arriscar a sorte, Amós forçou um sorriso frio e falou com cautela:

– O arranjo está de pé, Joram. Você pode ficar com os cordeiros que lhe mostrei.

Se Joram o recusasse, Amós estaria livre para oferecer seus cordeiros a outros sacerdotes em Jerusalém, sacerdotes que examinavam os animais como se os olhos de Deus estivessem sobre eles.

– Não vim trocar cordeiros perfeitos por outros cordeiros perfeitos.

– Parece uma perda de tempo.

– Então você acha que é mais justo do que Heled? – Joram tinha uma expressão arrogante.

– Eu? Somente Deus é superior a Heled. Eu apenas desejo lhe oferecer o que o Senhor requer para o sacrifício: cordeiros sem mácula. Por que você deveria reclamar?

– E você é um especialista na Lei? Você, um pastor? – ele zombou.

Com o coração batendo, Amós ficou parado, esperando que a raiva não aparecesse. *Você vê, Deus? Você se importa com o seu povo?*

Os olhos escuros de Joram se estreitaram com o silêncio de Amós.

– Heled lhe deu todas as vantagens, Amós, e você abusa da bondade dele. Se não fosse por sua generosidade, sua família ainda estaria endividada.

Amós entendeu a ameaça e falou com os dentes cerrados:

– Pagamos nossa dívida integralmente, a uma taxa maior do que a Lei exige.

Os lábios de Joram embranqueceram.

– Você pode se descobrir endividado de novo, Amós. Facilmente.

O medo percorreu o corpo do pastor. Joram o perseguira como um leão, e tudo que Amós pôde fazer foi sentir-se indefeso. Uma palavra de indignação ou rebelião e Joram o atacaria, colocando sua ameaça em movimento. Poderia destruir Amós. Os sacerdotes já tinham feito isso antes e poderiam fazer isso de novo.

Amós se enfureceu interiormente, mas não revelou isso externamente. *Então é assim que é. Do jeito que sempre foi. A liberdade conquistada pode ser arrancada. É assim que você quer?! Poder nas mãos de poucos, que fazem o que querem, quando querem. E os pobres homens que querem fazer o que é certo sofrem. A guilda de sacerdotes decide o que é certo e errado. Esses fornecedores da sua Lei! Eles podem torcer a Lei e usá-la da maneira que quiserem. Ignoram aquilo de que não gostam e adicionam o que lhes dará lucros. E vão acrescentando e acrescentando até que o peso de seus regulamentos nos esmague! E nos é dito que você é um Deus justo.*

Joram sorriu, presunçoso.

– Vou ignorar sua pequena demonstração de desafio, Amós. Você nos serviu bem e lucrou com nosso relacionamento, devo lembrá-lo. Traga o que tiver a nos oferecer. Os outros cordeiros estarão prontos para você, assim como o pagamento usual por seu trabalho. – E deu um tapa no ombro de Amós.

A ferida infligida pelo leão ainda não havia cicatrizado completamente e Amós estremeceu. A dor aguda fez algo estalar dentro dele.

– Não tenho nada para você, Joram. – Os cordeiros podiam não estar manchados, mas ele seria marcado pelo pecado por roubar homens como ele, que tinham trabalhado duro e feito que achavam certo e agora sofreriam por isso.

Joram ficou frustrado.

– Precisamos aumentar os apriscos do templo! Trouxe para você cordeiros perfeitos.

Era uma acusação a si mesmo e ao sacerdote a quem servia. Não que Joram se importasse. Estava seguro, um levita nascido para ser sacerdote ou para servir a um. Podia jogar o jogo da maneira que escolhesse pelo resto da vida, sem se preocupar em que local encontraria sua próxima refeição ou se teria que se vender como escravo para pagar uma dívida injusta cobrada por um sacerdote mentiroso.

– Vá em frente. – Amós fez um amplo gesto em direção aos campos murados que cercavam seus poucos acres de terra. Havia outros donos de ovelhas em Tecoa. Talvez um deles gostasse do arranjo que Joram oferecia. Eles que adicionassem suas ovelhas aos rebanhos do templo. – Fale com os donos de lá, de lá e de lá. – Milhares de ovelhas pastavam nos campos de Tecoa. A maioria pertencia aos sacerdotes e ao rei. – Estas ovelhas me pertencem, Joram. Construí este rebanho com a porção que ganhei. E já fiz planos para ele.

– O que há de errado com você, Amós? Depois de todos esses anos...
Como não sabia o que dizer, ele mentiu.

– Acho que sinto os olhos do Senhor sobre mim.
O rosto de Joram ficou vermelho.

– Ah, você se acha muito importante. Bem, alguém está de olho em você. Eu! – Amaldiçoando-o, Joram girou nos calcanhares da sandália e se afastou.

Amós sentou-se e enterrou a cabeça nas mãos. *Você permitirá que eles me tirem tudo pelo que trabalhei, Senhor? Essa é sua justiça e misericórdia?*

Na manhã seguinte, Amós dirigiu-se a Jerusalém. Carregava provisões extras para os pobres e um cordeiro perfeito em seus ombros enquanto conduzia seis cabras ao longo da estrada. Os mendigos estavam sentados diante do portão, pedindo esmolas. Alguns eram trapaceiros que tinham encontrado uma maneira fácil de ganhar a vida, mas outros, na verdade, viviam em extrema necessidade.

Um homem aleijado mancou em sua direção e perguntou:

– Bom Amós. Tem alguma coisa para um pobre velho?

– Uma bênção para você, Fineias. Como está sua esposa? Suas filhas? – Amós deu-lhe uma bolsa de grãos e figos.

– Estamos bem. Uma bênção para você por perguntar, Amós. Foi um bom ano para você?

Fineias já fora pastor, mas um javali lhe quebrara uma perna e quase lhe tirara a vida. Agora, estava condenado a mendigar para sobreviver.

– Precisei abater uma ovelha que continuava desviando as outras.

– Tive algumas dessas no meu tempo.

Amós também havia colocado alguns *shekels* na bolsa, sabendo que Fineias certamente os encontraria mais tarde e os economizaria, visando ao bem que poderiam proporcionar.

– Que o Senhor abençoe e multiplique este presente e faça com que dure um mês.

– E uma bênção maior para você, meu amigo. Possa o Senhor, nosso Deus, sorrir para você por sua bondade.

Amós não conhecia nenhuma evidência de que Deus sorria para alguém além dos sacerdotes que roubavam de homens pobres como aquele. Deu outras esmolas aos pobres que reconheceu e depois entrou na cidade.

As cabras alcançaram um bom preço no mercado. De lá, ele levou o cordeiro para o templo, onde procurou um sacerdote que não o conhecia. O cordeiro foi considerado aceitável. "Um sacerdote honesto", pensou Amós cinicamente. Cumpridas as obrigações, ele foi ver os irmãos.

Ao sair do templo, Amós colocou um *shekel* no prato de um cego.

O homem ouviu a queda da moeda, sorriu e agradeceu.

– Considere-se abençoado por não ter de testemunhar o que acontece dentro deste lugar – disse Amós enquanto se afastava.

– Estávamos esperando por você. – Bani o fitou, o rosto corado de raiva. – Você deveria nos trazer mais cordeiros!

Claramente, Joram tinha decidido pensar sobre as coisas e capitular.

– Não tenho cordeiros para trazer.

– O que você quer dizer? Não tem nenhum cordeiro? – Ahiam o encarou.

– Estou formando meu rebanho. A lã vai...

– Lã? – Bani foi até a cerca. – Por que você fez isso? Há mais dinheiro em...

– Você viu a multidão? – Ahiam voltou a encará-lo. – Há dinheiro a ganhar. E precisamos de mais cordeiros!

– A multidão precisa comer. Vendi meia dúzia de cabras no mercado.

– Joram disse que você o insultou – disse Ahiam agarrando o manto de Amós. – Não acreditei nele. Agora, já tenho dúvidas!

– Não as tenha. – Amós tentou se libertar. – Ofereci-lhe o melhor cordeiro do rebanho, e ele o recusou.

Ahiam o soltou.

– Qual o seu problema, Amós? O que aconteceu?

– Nós nos livramos do jugo, Ahiam, mas você e Bani se acostumaram a ele! – Ele se afastou.

Embora os irmãos o chamassem, ele não voltou atrás. Queria ficar longe das tendas, longe do templo e fora da cidade. Fez oferendas porque era esperado, porque o pai tinha feito isso antes dele, e o avô antes dele, no tempo de Moisés.

Mas o que tudo isso significava?

Ele ouvira as histórias desde que era menino, mas agora se perguntava se Deus realmente existia. Talvez os sacerdotes ensinassem suas lições apenas para exercer controle sobre o povo.

Deus é justo!

Deus é honrado!

Deus é santo!

Amós queria gritar. *Então por que não vejo isso em seu templo? Por que há tão pouca evidência de justiça, honradez e santidade entre os sacerdotes que servem em seu nome?*

"Olhe ao seu redor, Amós!", diriam seus irmãos. "Veja como Deus abençoa Judá. Veja como ele nos abençoa."

Amós zombou enquanto caminhava pelas ruas da cidade em direção ao Portão das Ovelhas. E as nações ao redor de Judá? E quanto a Israel? Curvavam-se diante dos ídolos e prosperavam ainda mais, sem se importar em vir a Jerusalém para adorar. Um bezerro de ouro de Jeroboão ainda estava em Betel, e outro em Dã, e o que Deus fizera contra isso? Nada! Os apóstatas ficavam mais ricos e mais poderosos a cada ano.

Amós não conseguia entender.

Deitado sob um dossel de estrelas, não era difícil acreditar que Deus existia. Mas ali, em Jerusalém, a Cidade Santa de Deus, os currais, os pátios, o templo estavam todos pútridos com o fedor do pecado. Os sacerdotes cobravam multas por infrações escritas no dia anterior. Estabeleciam uma lei atrás da outra, até que nem mesmo um camelo poderia carregar todos os seus pergaminhos!

Se você é soberano, por que a justiça não reina? Por que os humildes são esmagados pelos orgulhosos e os pobres, empobrecidos pelos ricos? Por que aqueles que detêm o poder nunca são responsabilizados por nada? Por que você não mantém sua palavra?

Quase cegado pelas lágrimas, Amós abriu caminho pela multidão.

– Deixem-me passar! Deixem-me sair! – Tudo o que ele queria era fugir daquele lugar que o enchia de tanta confusão e angústia. Bastava-lhe caminhar dez quilômetros e estaria em Tecoa.

O crepúsculo deu lugar à noite, mas a lua iluminou seu caminho. Quando chegou à cidade, não foi para casa, mas para o pasto murado.

Eliaquim estava de guarda. Surpreso, virou-se para Amós.

– Não o esperava de volta por alguns dias.

– Terminei meus negócios por lá. – Ele desejava nunca ter de voltar, mas a Lei exigia...

Ao ouvir um balido familiar, Amós imediatamente colocou a mão no ombro de Eliaquim e disse:

– O Senhor o abençoe, Eliaquim.

– E você também, meu senhor.

Abrindo o portão, Amós entrou no redil. O cordeiro ferido veio até ele. Agachando-se, ele sorriu e esfregou o rosto.

– Descanse agora. Estou aqui.

Cansado, ele se esticou no chão do lado de fora do portão trancado. Colocou as mãos atrás da cabeça e olhou para as estrelas. Sairia de manhã para percorrer sua rota. Precisava cavar outro poço de água e empilhar mais pedras para ao aprisco da montanha. Depois disso, trabalharia nos bosques de sicômoros para expandir seus direitos de pastagem para mais perto de Jericó.

Na manhã seguinte, reabasteceu seu alforje de couro com grãos, passas e amêndoas e partiu.

E então Deus falou com ele, destruindo todos os planos que ele tinha feito.

DOIS

Amós nunca tinha ouvido a Voz antes, mas a medula de seus ossos e o sangue que corria em suas veias a reconheceram. Seu corpo tremeu quando Deus sussurrou:

Eu sou.

O ar que ele inalou formigava em seus pulmões, como se estivesse morto e agora de repente voltasse à vida. Jogando-se de bruços, Amos cobriu a cabeça com as mãos.

Elohim. El Elyon. El Roi.

Poder e majestade. Acima de todos os deuses. Rei de toda a criação.
Uma aceleração iluminou a alma de Amós. Estava na presença de Deus, cercado por Ele, imerso em Seu Espírito, imbuído por Ele. Mesmo enquanto

O PROFETA

Amós tentava se achatar na terra, estava totalmente exposto. Deus sabia tudo sobre ele, desde o primeiro pensamento até o terror final.

ADÔNI. QEDOSH ISRAEL. EL OLAM.

Cabeça sobre tudo. Santo de Israel. Deus eterno.
Amós gritou de medo e implorou por sua vida, sua voz abafada contra a terra coberta de grama. Ele havia fugido de Jerusalém com raiva e em desespero, duvidando de que Deus existisse. Ele nem via ou se importava com o que acontecia em Sua Cidade Santa. Até mesmo culpou o Senhor pelos pecados que os homens cometiam uns contra os outros. E agora isso! Certamente Deus o mataria.

JAVÉ TSIDKENU. JAVÉ SHAMÁ. ATTIQ YOMIN.

Deus justo. Sempre presente. Ancião dos Dias, Governante de todos, Juiz das nações.
"Não mais. Sou um homem morto."

VOCÊ VIVE.

Amós chorou, e o coração seco dentro dele vibrava e se afogava no dilúvio da revelação.

VEJA. OUÇA.

Amós sentiu-se erguido por mãos invisíveis. Viu o templo no Monte Sião. Houve um som como o rugido de um leão, mas não era como qualquer leão que Amós já tivesse ouvido quando guardava suas ovelhas no deserto. Aquele rugido estava cheio de ira. O som ficou mais alto, fazendo o cabelo de sua nuca se arrepiar e o sangue gelar. Até a terra sentiu o som, pois o chão ondulava, subia e descia como uma coberta sendo sacudida. Embora as pessoas gritassem e corressem, não podiam escapar do julgamento.

O trovão caiu de Jerusalém e desceu como uma onda, enchendo os campos, vales, planícies. O céu ficou da cor do bronze. As pastagens exuberantes do Monte Carmelo murcharam e morreram. Córregos secaram. Os poços de água evaporaram, e suas bacias racharam, nada deixando além de poeira. Ovelhas, gado, cabras jaziam mortos, pássaros carniceiros beliscavam as carcaças secas. Confuso, tremendo de medo, Amós se viu no meio disso; o sol implacável batia em sua cabeça. Caindo no chão, ele ofegou como um cervo sedento de água.

E a Palavra veio a ele, bênçãos e maldições escritas gerações atrás, há muito esquecidas. Sua mente bebeu água viva.

Abrindo os olhos, Amós se viu de joelhos. Erguendo a cabeça, olhou ao redor. Tudo estava como antes; o pasto rico, o poço d'água, a mochila exatamente onde a havia deixado cair. Inclinando a cabeça para o chão, ele soluçou de alívio.

Tinha sido um sonho? Um pensamento azedara em sua mente? A Voz! Não tinha imaginado a Voz. Ou tinha?

Com os joelhos fracos, Amós se levantou e foi até o riacho. Agachando-se, colocou as mãos em concha e jogou água no rosto. Talvez estivesse com febre.

Eu lhe dei uma visão do que está por vir.

– Mas por quê? Por que eu? De que adianta mostrá-la a um pobre pastor? Está em meu poder mudar alguma coisa? Não!

O profeta

Amós esfregou os olhos, desejando poder apagar as imagens que ainda piscavam em sua mente. Ouviu dentro da cabeça o eco do rugido do leão e os gritos. Afundando nos calcanhares, esperou até que o coração diminuísse a batida selvagem e a respiração se acalmasse. Com as pernas trêmulas, voltou para o poço de água. O trabalho o faria se sentir melhor. O trabalho encheria sua mente. Ele passou as últimas horas da luz do dia cortando e puxando juncos que poderiam se espalhar e sufocar o poço de água. As ovelhas precisavam ter água boa para beber. Águas frias e paradas eram as melhores, pois as ondulações de um riacho as assustavam.

Quanto mais determinado estava a não pensar na visão, mais sua mente voltava a ela. Repetidas vezes, a visão mantinha sua mente cativa.

Quando o sol lançou dardos de cor no oeste, ele montou acampamento e sentou-se na porta da pequena tenda. Não comia desde o início da manhã. Embora tivesse pouco apetite, forçou-se a comer um pequeno bolo de cevada, algumas tâmaras e figos.

Um lobo uivou.

Os arbustos farfalharam ali perto.

O vento sussurrou suavemente. A noite caiu em um clarão de luz. E Amós sabia...

– Não, Senhor, por favor... – Ele gemeu quando sentiu mãos levantando-o novamente. O cansaço desapareceu e todo o seu ser despertou, absorvendo tudo ao seu redor.

Lembre-se de Gileade.

O horror o dominou.

– Não, Senhor. Por favor. Sei o que aconteceu lá...

Ele ficou parado no meio de pessoas correndo. Elas gritaram e se dispersaram enquanto o exército arameu avançava. Guerreiros brandiam a espada, sem fazer distinção entre homens, mulheres e crianças. Chegaram como trenós, passando por cima dos feridos, esmagando-os sob seus pés. O solo bebeu o sangue de Israel.

Amós cobriu o rosto.

– Pare-os, Senhor. Detenha-os! – Podia ouvir gritos de terror, gritos de dor e gemidos dos moribundos. Soluçando, Amós cobriu os ouvidos. Um homem levantou a mão em um pedido de misericórdia justo quando um guerreiro decepou-lhe o braço e então o derrubou com alegria. Amós ansiava pegar uma espada e revidar, mas não conseguia se mover. Só podia ver, ouvir, cheirar...

Carnificina, por toda parte, carnificina.

Ben-Hadade de Damasco, rei de Aram, gritou ordens.

– Matem os vermes! Matem todos!

Guerreiros abateram o povo de Gileade como talos de trigo – cortados, debulhados e lançados ao vento.

Quando o ataque terminou, risos brutais ecoaram pela terra devastada. Ben-Hadade cavalgava sobre o corpo de uma criança, o punho erguido em triunfo, como se desafiasse o Deus do céu e da terra.

Corpos inchavam ao sol. Moscas zumbiam. As larvas se contorciam. O cheiro da morte encheu as narinas de Amós.

– Meu povo. Meu povo...

Soluçando, ele caiu de joelhos e lamentou-se violentamente. Quando a onda de enjoo passou, ele levantou a cabeça lentamente, exausto.

Tudo estava tranquilo. Acima dele, estrelas brilhavam no dossel da noite.

A raiva aumentou.

– Por que não os salvou? Eles eram o seu povo! – Amós ergueu os braços e gritou. – Por que me mostra essas coisas?

O POVO DE DAMASCO PECOU REPETIDAS VEZES, E NÃO VOU DEIXÁ-LO IMPUNE!

O alívio o inundou, e então a exultação. O Senhor vingaria aqueles que foram massacrados em Gileade. Amós deu um pulo e abriu os braços.

– Sim, Senhor, sim! Deixe-os sentir o fio da espada. – O pastor gritou ao ver um fogo descer do céu, escurecendo as paredes de uma enorme fortaleza, devorando os fortes portões de uma grande cidade. – Sim! Destrua-os como eles fizeram em Gileade. – E aplaudiu, em êxtase. – Aterrorize-os! Quebre-os como se fossem de barro.

Os homens lutavam em um grande vale. Lâminas se chocavam, buzinas soavam, rodas de carruagens quebravam-se, derramando guerreiros na briga. Cavalos empinavam e gritavam, pisoteando seus cavaleiros, quando o rei que havia atacado Gileade caiu atingido por uma espada. O rei arameu estava morrendo, com os olhos voltados para o céu enquanto proferia uma última maldição contra Deus.

Gritos de dor rasgaram o ar quando os conquistadores enfiaram ganchos no nariz dos sobreviventes, passaram cordas pelos anéis, amarrando os cativos. Amós viu os arameus serem levados como gado, uma longa fila sendo arrastada para Quir.

– Sim, Senhor! Que assim seja. Que eles colham o que plantaram.

Gostou desta visão, meu filho?

– Sim, Senhor, sim! – Há quanto tempo ele e outros desejavam fazer com eles o que eles haviam feito com o povo de Gileade?

Na mente e no coração, ele bebeu a visão de vingança sem pensar aonde ela poderia levar, ou se era agradável a Deus. Tampouco pensou na quietude que o rodeou depois que fez a confissão.

Ele pensou na última visão. E a saboreou.

Que seja logo, Senhor. Que seja logo.

Amós acordou com a chuva tamborilando suavemente. Estava deitado de bruços como o rei morto, olhando para a escuridão. As gotas frescas acalmaram seu rosto em chamas. A chuva parou. Amós estendeu os dedos contra o chão e o achou seco. Gemendo, sentou-se e apalpou o rosto. Estava seco e quente.

Uma febre. Nada mais.

Ao se levantar, segurou a cabeça. O estômago doía de tão vazio. Há quanto tempo estava inconsciente? Há quanto tempo não comia? Viu seu alforje onde o havia deixado cair. Pegando-o, apanhou um pedaço de pão de cevada. Depois de comer um bocado, voltou a amarrar o alforje na faixa. Sedento, ajoelhou-se e bebeu no riacho como uma ovelha.

Queria fugir daquele lugar de sonhos.

Agarrando a mochila, o cajado e a clava, tomou o caminho para Jericó. Examinaria os pastos dali até os bosques de sicômoros e se certificaria de que não havia plantas venenosas ou...

Sua mente vagou.

Tinha ouvido histórias sobre o profeta Jonas, que não conseguiu fugir de Deus. Contava-se que ele embarcou em um navio para Társis, mas foi jogado ao mar durante uma tempestade, engolido por um peixe enorme e finalmente vomitado na praia. "Vá para Nínive", disse-lhe Deus. Por mais longe que Jonas corresse ou por mais que pudesse se esconder no fundo do casco de um navio, Deus sabia em que lugar ele estava e o que queria que ele fizesse. Implacável. Deus é implacável. Bani tinha dito que Jonas ainda morava fora da cidade murada, esperando a destruição chegar.

Amós balançou a cabeça. Por que pensou nisso agora? Rumores, provavelmente. Uma história que o irmão ouvira de mercadores viajantes. Nada mais.

Por favor, não seja mais nada.

O profeta

Chegando ao próximo pasto, Amós pesquisou as ervas. Andando pelo campo, arrancou ervas daninhas venenosas e as juntou. Empilhando os montes em solo rochoso, ele os incendiou. Enquanto observava a fumaça subir, ouviu um sussurro:

Eu removerei o mal da terra.

Amós pressionou as mãos sobre os ouvidos.
– É só o vento. O vento na grama. – Depois de um longo momento, afastou as mãos timidamente e não ouviu nada além do fogo crepitante.

Quando as chamas se extinguiram e restaram apenas brasas, Amós jogou terra sobre elas para que nenhuma faísca pudesse flutuar na grama boa que restava. Partiu na manhã seguinte.

Mesmo quando tentava se concentrar no trabalho, nas ervas daninhas e nos poços de água, seus pensamentos continuavam voltando para a Voz que vinha de fora e de dentro. Parte dele esperou que o Senhor falasse novamente. Temendo isso. Ansiando por isso. Rezou para que pudesse ouvi-lo novamente, e ainda assim temia que o fizesse. Quando Deus falou com um homem, foi para enviar o pobre tolo em uma missão, em uma longa jornada ou para a morte! Seu coração guerreou dentro dele. Amós trabalhou mais e mais rápido. Esquecia-se de comer até que o estômago doesse.

Seguiu em frente novamente. Quando chegou ao próximo pasto, sentou-se debaixo de uma árvore de terebinto e não fez nada. O céu escureceu antes que ele se levantasse e entrasse no aprisco que havia construído dois anos antes. Sibilando, uma cobra deslizou pela parede, assustando-o. Irritado, ele usou o cajado para invadir seu esconderijo, enrolá-la no cajado e jogá-la no chão, matando-a com sua clava. Mesmo com a cabeça esmagada, o corpo da serpente se contorcia.

Momentos depois vieram as palavras:

Eu sou o Senhor seu Deus.

Agarrando a cabeça, ele lamentou.

– Por que fala comigo, Senhor? Sou um pecador! Eu lhe faço oferendas para evitar problemas, não para louvar o seu nome. Desprezo seus sacerdotes. Mal posso esperar para sair de sua Cidade Santa. Não suporto estar perto do seu povo, eu... eu...

Palavras de confissão saíram de seus lábios. A dúvida o consumia desde menino, dúvidas que se transformaram em desprezo pelos servos de Deus. Tinha sede de vingança depois de ver o pai chorar por dívidas e ter uma única maneira de pagá-las. Os sacerdotes serviam a Deus, não é? Se representavam Deus, então Deus devia ser o culpado.

– Durante toda a minha vida, fiz parte de esquemas e roubos. Quando queria fazer o certo, causava problemas para meus irmãos e suas famílias. – E agora via uma verdade maior. Chegava a ele como uma lâmpada em uma caverna escura, mostrando os pecados secretos que não conseguia ver em si mesmo. – O problema que causei não teve nada a ver com minha luta pela justiça. Veio do ódio! Eu queria cortar os laços que mantinham minha família presa aos sacerdotes, não porque ela estivesse errada, mas porque meu orgulho se rebelou. Odiei os sacerdotes. E o odeio por causa do que eles fazem em seu nome.

Soluçando, ele confessou todos os pecados de que se lembrava, e sabia que havia mais mil dos quais nem sabia.

– Sou um pecador, Senhor. Um pecador que merece a morte. – Com os olhos bem fechados, ele inclinou a cabeça para o chão.

Não tema. Eu o conheci antes de o formar no ventre de sua mãe. Você me pertence.

Amós esperou. Os músculos foram relaxando lentamente. O estômago parou de se revirar. Ele esperou muito tempo antes de levantar a cabeça o suficiente para olhar ao seu redor, e ainda mais antes de ousar ficar de pé. Fechou os olhos em gratidão.

– Santo é o Senhor, e abundante sua misericórdia.

Quando se deitou novamente, dormiu o resto da noite sem sonhos.

Amós só voltou a ouvir a Voz quando estava trabalhando nos bosques de sicômoros. Outros trabalhavam ao seu redor, conversando, rindo. Agarrando um figo, fez um pequeno corte. Sentiu o calor crescer ao seu redor. Tudo ficou quieto. Os sons desvaneceram-se.

O povo de Gaza pecou repetidas vezes, e não vou deixá-lo impune!

Amós viu os filisteus conduzindo aldeias inteiras de israelitas para longe de suas casas em chamas. Usando chicotes, eles forçaram o povo a marchar para Edom, onde os venderam como escravos.

A indignação o sufocou.

– Nossos irmãos lucram com nossa miséria! – Os edomitas eram descendentes do irmão de Jacó, Esaú. – Um irmão deve comprar outro como escravo, Senhor? – Ele odiava os edomitas tanto quanto os filisteus, e por isso ficou vagamente desapontado quando viu o fogo descer apenas sobre os muros de Gaza e não também sobre Edom. Um exército invasor do norte matou todos em Gaza e depois marchou para Ascalão. Ecrom foi a última a cair e ficou arruinada como Gate.

Os últimos sobreviventes da nação que muitas vezes oprimira Israel caíram, dissolveram-se em pó e foram levados pelo vento, deixando apenas um eco da grandeza da Filisteia.

– Assim seja, Senhor! – Amós se alegrou. – Que assim seja.

– Amós!

Ele piscou, balançou levemente na escada e agarrou um galho de sicômoro para não cair.

– O quê?

– O quê? O que você diz? Qual é o problema com você, amigo? – Jashobeam, dono do bosque, ficou olhando para ele, de braços cruzados.

– Nada.

– Nada? Você estava gritando. – Outros trabalhadores olharam para ele.

– Eu estava tendo uma visão.

– Ah, uma visão. – Jashobeam jogou a cabeça para trás e riu alto. Acenou com as mãos, chamando os outros. – Amós estava tendo uma visão!

Alguns riram. Outros sorriram para ele sob os galhos.

Jashobeam colocou as mãos nos quadris e olhou para ele.

– Talvez você precise descer e descansar na sombra um pouco. Está muito calor, eu diria. Vá beber água fresca com um pouco de vinho.

Com o rosto queimando, Amós abaixou a cabeça.

– Estou bem. – Apertando os dentes, agarrou outro figo de sicômoro e fez o pequeno corte.

– Uma visão. – Jashobeam balançou a cabeça. – Se tiver outra, tente não gritar. Você distrai meus trabalhadores – disse Jashobeam, afastando-se.

Amos estava a caminho de casa em Tecoa quando o Senhor falou com ele novamente.

O povo de Tiro pecou repetidas vezes, e não vou deixá-lo impune!

Caindo de joelhos, Amós se jogou de bruços.

O profeta

Os israelitas estavam na corte do rei fenício. Os chefes de Estado assinaram documentos, jurando um tratado de fraternidade e amizade entre a Fenícia e Israel. Mas então os fenícios invadiram e levaram aldeias inteiras de cativos para Edom, vendendo-os como escravos.

Amós bateu os punhos no chão.

– Eles nos enganaram. Quebraram Sua Palavra!

A ira de Deus desceu em uma lança de fogo que incendiou a grande cidade de Tiro. As poderosas fortalezas desmoronaram no inferno.

Não houve trégua para Amós quando uma quarta visão surgiu. Empunhando espadas, os edomitas perseguiam seus irmãos israelitas. Todos os rostos eram como os de Esaú, transbordando de amargura e ódio contra o irmão Jacó. Geração após geração, ainda permanecia viva a história de como o mais novo dos irmãos havia comprado a primogenitura do mais velho com uma tigela de sopa de lentilhas e despojado Esaú de sua bênção. Eles haviam aproveitado todas as oportunidades para infligir dor e sofrimento aos descendentes de Jacó. Tinham saboreado a vingança como uma sobremesa doce, sem saber que ela azedaria suas almas com veneno.

Chorando, Amós olhou para o céu e agarrou a cabeça.

– Pare, Senhor. Não quero ver mais.

Os edomitas alcançaram os israelitas em fuga e os mataram. Com gritos de júbilo e triunfo, os esfaquearam, dando vazão a anos de ciúme e raiva reprimidos.

Por isso, enviarei fogo sobre Temã, e as fortalezas de Bozra serão destruídas.

Amós viu o castigo cair sobre os filhos de Esaú. O horror da cena o fez desmoronar. Ele abriu os braços, agarrando a grama, o rosto pressionado contra a terra macia.

Ele vagou por dias, sem saber o que fazer.

– Por que me mostra essas coisas, Senhor? O que vou fazer com esse conhecimento? Diga-me!

O Senhor não respondeu.

Atormentado, sobrecarregado pelas imagens de destruição, Amós dirigiu-se novamente para Tecoa. Subiu a estrada da montanha de Jericó e se abrigou durante a noite em uma pequena caverna. Dali, podia ver o mar de Sal. Ao norte estavam as montanhas de Amon. Ao sul ficava Moabe.

O povo de Amon voltou a pecar, e não vou de modo algum deixá-lo impune!

O terror tomou conta de Amós quando se viu dentro da visão. Todos os seus sentidos despertaram. Ele sentiu o cheiro da fumaça de Gileade, a carne queimada. Sentiu gosto de cinzas na boca. Guerreiros amonitas atacaram Gileade. Com os pulmões doendo, ele correu com os israelitas em fuga. Gileade queimou, mas nem mesmo essa destruição satisfez os amonitas, que buscavam exterminar a raça agredindo mulheres grávidas. Enquanto as mulheres gritavam por misericórdia, os guerreiros rasgavam suas roupas e cortavam a barriga delas com a espada para matar seus filhos ainda não nascidos.

Amós gritou.

– Por que fica de braços cruzados? Por que está calado? Não vê seus inimigos matando seu povo? – Lágrimas corriam-lhe pela face enquanto ele se enfurecia. – Faça com eles o que você fez com o Egito e os midianitas. Esmague o orgulho deles. Destrua-os!

Veja o que vou fazer.

O fogo desceu sobre Rabá, ardendo por meio das fortalezas até fazê-las desmoronar. Gritos de guerra se ergueram como um redemoinho em uma forte tempestade, e os amonitas tombaram, milhares deles, até que restasse apenas um remanescente. Quando a batalha terminou, o rei e seus príncipes foram presos e escravizados.

– Sim, senhor! – Amós ergueu as mãos. – Que todas as nações vejam que você é supremo sobre toda a terra!

Outra visão veio após a destruição de Amon.

Os moabitas abriram os túmulos dos reis de Edom e empilharam os ossos para queimar. Quando o fogo esfriava, os trabalhadores raspavam e varriam as cinzas de cal em tonéis, onde trituravam o que restava em pó que usavam para fazer gesso. Amós assistiu com horror e desgosto aos moabitas revestirem suas casas com os ossos dos reis de Edom.

– Nem mesmo na morte suas vítimas recebem misericórdia! – gritou Amós.

Diante de seus olhos, um exército atacou Moabe. Guerreiros estrangeiros gritavam. Os chifres dos carneiros soavam. As chamas alcançavam o céu enquanto Queriote queimava e o povo de Moabe tombava no fragor da batalha. Nem seu rei nem seus príncipes sobreviveram ao massacre. Aqueles que tiraram os ossos dos mortos dos túmulos nunca descansariam em um.

Os inimigos de Israel tombariam. Aqueles que pensavam que detinham o poder se tornariam impotentes. Deus vingaria aqueles que foram esfolados vivos, os que foram executados, tendo suas cabeças empilhadas como troféus diante dos portões da cidade aramaica. Nunca mais a Filisteia lucraria com o comércio de escravos. Nunca mais a Fenícia romperia tratados de paz e levaria aldeias inteiras cativas à escravidão. Nunca mais Edom ficaria rica por vingança. Todos eles morreriam, tendo bebido o veneno da luxúria e do ódio, de Damasco a Amom e Moabe, tudo originado pelas filhas incestuosas de Ló. Todos seriam esmagados como escorpiões sob o calcanhar da ira de Deus.

Uma profunda satisfação dominou Amós diante do pensamento diante da destruição deles. Exausto, Amós se virou de lado na caverna rasa, confortado. *Quando, Senhor? Quando isso vai acontecer?*

Em breve, ele esperava. Adoraria ver

Amós levantou-se de manhã e ofereceu uma oração de ação de graças. Foi a primeira vez em anos que ele disse intencionalmente:

— Deem graças ao Senhor Todo-Poderoso, porque o Senhor é compassivo e misericordioso, tardio em irar-se, pródigo em amor.

Caravanas subiam as montanhas benjamitas. Homens puxavam burros carregados de mochilas. Quando Amós subia a estrada da montanha, a inquietação o dominou. Ao chegar ao Monte das Oliveiras, parou e olhou, perturbado. Pensou novamente na corrupção que via todas as vezes que ia a Jerusalém. Sacerdotes como Heled lucravam roubando de Deus. Amós não havia formado seu rebanho com esses mesmos cordeiros? Ele estremeceu de culpa. Que escolha aqueles sacerdotes tinham dado a seu pai? Frustrado pelo desamparo, ele tentou inventar desculpas. Nenhuma foi suficiente. Palavras ditas há muito tempo, quando era uma criança, voltaram-lhe à memória, palavras ardentes que rasgavam sua consciência:

"*Ouve, Israel. Deves amar o Senhor teu Deus com todo o teu coração, toda a tua alma e todas as tuas forças*".

O amor não era o motivo de sua revolta contra Heled, nem a retidão ou qualquer desejo de adorar o Senhor. Ele não tinha amado a Deus. Havia culpado o Senhor pelo problema que homens tinham causado à sua família. Cada vez que ia ao templo, sentia muito rancor e só oferecia o necessário para manter uma boa relação com as autoridades.

Uzias pode ser rei, mas muitas vezes eram os sacerdotes que governavam a vida das pessoas comuns como ele e seus irmãos.

O Senhor é Deus!

Porém, mesmo agora, enquanto olhava para o Israel do rei Davi, Amós sabia que os ídolos ainda pontilhavam a paisagem de Judá e altares pagãos ainda continuavam existindo apesar da tentativa do rei Uzias de destruir os deuses estrangeiros que haviam habitado nos corações das esposas e concubinas do rei Salomão. Como um homem sábio podia ter sido tão tolo a ponto de construir templos e altares pagãos? Amós via as ruínas desses deuses quando movia seu rebanho. Às vezes fora tentado a seguir as procissões que subiam aquelas colinas e deitar-se sob os galhos frondosos e desfrutar dos prazeres sensuais que eram oferecidos lá. Não foi o temor do Senhor que o manteve afastado, mas o medo de deixar o rebanho abandonado.

Você não deve ter nenhum outro deus além de mim. Nem um ídolo de qualquer tipo.

O pecado estava em toda parte. Estava nas nações ao redor de Judá e Israel. Estava em Israel e Judá.

Estava nele.

Nenhuma vez procurei um dos poucos sacerdotes conhecidos por servir no temor do Senhor! Mantive minha raiva, abraçando-a e atiçando meu ódio contra todos os teus sacerdotes. Tenho me rebelado contra ti.

Não use o nome do Senhor seu Deus em vão.

Amós se contraiu. Sim, Heled e outros como ele eram culpados, mas sua família havia firmado um contrato que também desonrava a Deus. Quantas vezes tinham usado o nome de Deus para selar uma barganha?

– Afaste-se! – Alguém o empurrou por trás.

Amós saiu do caminho, vendo tudo de maneira diferente.

Lembre-se de observar o sabá como dia santo.

As portas de Jerusalém não estavam abertas para o comércio todos os dias da semana? Os mercados da grande cidade nunca fechavam. Amós observou a colmeia de atividade quando os mercadores levavam mercadorias para Jerusalém, passando pelos anciãos que chefiavam o tribunal no portão.

Ouviram-se outros mandamentos, um atrás do outro:

Honre pai e mãe. Não mate. Não cometa adultério. Não roube. Não preste falso testemunho contra o próximo. Não cobice a casa do próximo. Não cobice a mulher do próximo, nem servo ou serva, boi ou jumenta, ou qualquer outra coisa que pertença ao próximo.

Amós fechou os olhos. Embora nunca tivesse transgredido esses mandamentos em atos, sabia que havia violado cada um deles em pensamento.

Ele amara o pai, mas ficara amargamente desapontado com ele. Depois que soube da verdade, nunca mais acreditou em qualquer coisa que o pai dissesse.

E quantas vezes desejara vingança contra Heled? Tinha até pensado em maneiras de matá-lo, saboreando mentalmente o pensamento. Se tivesse encontrado uma maneira de matar o sacerdote e fugir, poderia ter feito isso!

Desde o nascimento até dois anos atrás, havia sido um ladrão, encobrindo os sacerdotes que testemunhavam falsamente contra os que traziam oferendas perfeitas ao Senhor apenas para vê-las rejeitadas.

Quanto ao pecado da cobiça, não havia cobiçado o poder, a liberdade e o dinheiro dos sacerdotes? Quisera essa riqueza para si mesmo, tanto quanto queria arrancá-la das mãos que a haviam agarrado a custo do sacrifício do povo.

Amós viu o que Deus queria que ele visse e ficou mortificado diante dos pecados do povo, pecados que ele mesmo havia cometido diariamente. E quando Deus falou de novo, suas palavras não foram surpresa.

O POVO DE JUDÁ VOLTOU A PECAR, E NÃO O DEIXAREI IMPUNE! ELES TÊM REJEITADO A INSTRUÇÃO DO SENHOR, RECUSANDO-SE A OBEDECER A SEUS DECRETOS. TÊM SIDO DESENCAMINHADOS PELAS MESMAS MENTIRAS QUE ENGANARAM SEUS ANCESTRAIS.

O cabelo na nuca de Amós se arrepiou. Ele caiu de joelhos e cobriu o rosto. Inclinou-se para a frente, cobrindo a cabeça com as mãos.

– Não, Senhor, por favor, não me mostre mais nada. Tenha misericórdia de nós.

Mas as imagens caíram sobre ele implacavelmente, derretendo seu coração e enchendo-o de uma tristeza e compaixão que nunca tinha sentido ao olhar para seu próprio povo. A única compaixão que sentira até então fora por suas ovelhas indefesas. Ele chorou.

– Você aí. Está bloqueando nossa passagem. – Amós foi levantado, empurrado para o lado e caiu pesadamente. – Fique fora da estrada!

Rodas pesadas esmagavam as pedras. Os bois bufavam. As vozes de mil pessoas se misturaram quando Amós se sentou na poeira, com a cabeça nas mãos.

– Para quê, Senhor? Para que fim você vai destruir o povo que escolheu?

DAS RUÍNAS EU O RECONSTRUIREI E RESTAURAREI SUA GLÓRIA ANTERIOR, PARA QUE O RESTO DA HUMANIDADE, INCLUSIVE OS GENTIOS, TODOS AQUELES QUE CHAMEI A MIM, POSSAM ME BUSCAR.

– O que você está fazendo de volta tão cedo? – Bani levantou-se da mesa de dinheiro. Quando Amós se aproximou, ele franziu a testa.

– O que aconteceu? Ithai está bem?

– Não vejo Ithai ou Elkanan há meses. Lembre-se de que eles terminaram seus negócios com Joram antes que eu voltasse com meu rebanho. Eles vieram aqui para Jerusalém antes de mim.

Ahiam fechou o portão de uma baia com um cordeiro nos braços.

– Os meninos voltaram para casa em Tecoa pouco depois do festival da lua nova.

Amós olhou para os dois irmãos.

– O Senhor falou comigo. Eu tive visões.

Ahiam riu.

– Espere passar o efeito do vinho. – E foi embora com o cordeiro.

– Você provavelmente teve febre. – Bani procurou o rosto de Amós. – Parece doente.

– Vi a destruição de Jerusalém.

– Você está louco. Com Uzias no trono? – Bani balançou a cabeça. – Jerusalém é segura e nossas fronteiras estão protegidas.

– Mas estou dizendo a verdade! Eu vi...

– Sonhos induzidos pela febre, Amós. – Bani agarrou o braço do irmão. – Isso é tudo. Além disso, por que Deus falaria com você, um pastor? Você não é um membro da guilda dos sacerdotes. Não é um levita. Quando Deus decide falar, fala com um dos profetas ou sacerdotes eruditos. Sente-se. Você parece cansado. – E levou Amós para o banco sob o dossel onde as mesas estavam arrumadas para os negócios.

Quando viu a caixa de dinheiro aberta e com as fileiras de moedas, Amós estremeceu.

Bani deu-lhe um tapa nas costas.

– Beba um pouco de vinho, irmãozinho. Coma alguma coisa. Esqueça tudo o que pensou que viu. Você se sentirá melhor. – Bani serviu-lhe uma taça de vinho e ofereceu-lhe pão e tâmaras. – Você passa muito tempo sozinho com aquele seu rebanho, irmãozinho.

O zumbido das conversas fundiu-se com o balido das ovelhas até os sons parecerem iguais. Amós segurou a cabeça. *Estou ficando louco. Os homens estão começando a soar como ovelhas ou as ovelhas estão começando a soar como homens?*

Ahiam voltou.

– Heled não está feliz em vê-lo, Amós. Joram lhe deu um relatório ruim quando voltou de Tecoa, e Heled não esqueceu.

Amós levantou a cabeça.

– Se não terminar suas relações com aquele sacerdote ladrão, você e sua família vão sofrer por isso.

– Cuide da sua vida, Amós, e deixe a minha em paz. – A expressão de Ahiam endureceu. – Se tivéssemos seguido seu conselho, estaríamos todos vivendo nas colinas, meio famintos e tendo visões.

– Deixe-o em paz, Ahiam.

– Ele cria problemas para nós. Mesmo quando consegue manter a boca fechada, permite que seu desprezo apareça. Olhe para ele! – Ahiam inclinou-se para Amós. – Você parece um mendigo.

– Ele ajudou nossos filhos a começar seus próprios rebanhos.

– Não vai fazer nada bem para eles se Amós continuar como está. Tudo pelo que todos trabalhamos, por mais de duas gerações, terá desaparecido! – Encarou Amós. – Já aconteceu antes. Lembre-se do que o pai lhe disse. Pode acontecer novamente. Não pense que não pode. – Sacudiu a cabeça. – Você esquece quem detém o poder por aqui.

Amós se levantou, tremendo de raiva.

— Deus detém o poder!

Com o queixo erguido, Ahiam se aproximou e ficou cara a cara com Amós.

— Foi Deus que o ajudou, para que eles fizessem como quisessem.

— O povo de Judá tem pecado... — Amós se manteve firme.

— De repente, você é o juiz? — Ahiam deu-lhe um forte empurrão. — Vá para casa. Profetize para suas ovelhas.

— Ouça-me — Amós gritou em desespero.

— Se você disser algo que faça sentido, eu o ouvirei. — Ahiam se afastou e olhou por cima do ombro. — Mande-o para casa — ele disse, acenando para Bani. — Temos um negócio para administrar aqui. — Virando as costas para eles, caminhou em direção a um cliente que olhava os cordeiros. Sorrindo, abriu os braços em saudação.

Bani puxou Amós de lado e falou baixinho:

— Vá para a minha casa. Algumas noites de descanso em uma boa cama e um pouco da comida de minha esposa, e você voltará a ser o que sempre foi.

Amós sabia que nunca mais seria o mesmo. Para onde quer que olhasse, via as coisas de forma diferente do que eram antes de a Voz falar com ele. Sonho ou não, sua vida tinha mudado para sempre.

Amós deixou o Monte do Templo e suas tendas de animais sacrificiais, passando por mesas nas quais cambistas empilhavam *shekels* e meio- *-shekels*. Desceu para a praça do mercado, onde camelos com arreios de borlas estavam carregados com enormes fardos de mercadoria. Os animais estavam alinhados atrás dos donos, que exibiam suas mercadorias sobre tapetes tecidos. Aromas de esterco e especiarias se misturavam, enquanto os vendedores anunciavam suas mercadorias aos gritos, competindo por possíveis clientes que vagavam pelo bazar. *Shekels* tilintavam e caixas de dinheiro se fechavam. Burros carregados de fardos eram puxados por homens de rosto severo, que xingavam e faziam ameaças se outros não lhes abrissem caminho.

Atordoado pelo som, Amós procurou ruas mais calmas. Vagou por becos estreitos ladeados de cabines. Os vendedores pechinchavam os preços com os clientes, enquanto os concorrentes tentavam seduzir de longe os clientes para roubá-los.

– Bom pastor! – um deles chamou Amós. – Venha, venha! Você precisa de um novo par de sandálias. Essas parecem desgastadas. Eu lhe farei um bom preço.

– Eu lhe farei um preço melhor.

– Ele é um ladrão. Não lhe dê ouvidos. Tenho melhor...

– Aqui! Venha ver o que tenho a oferecer.

A rua estreita se alargou, e Amós parou para observar pedreiros trabalhando em uma casa nova, na qual um capataz gritava instruções para a sua equipe. Algumas portas adiante, um carpinteiro trabalhava em uma carroça. Rodas de todos os tamanhos cobriam a parede de sua loja. Outro homem aplainava uma mesa enquanto a esposa mostrava um banco para uma mulher com três filhos.

Em outra rua, homens que trabalhavam com metais transformavam lingotes em utensílios, enquanto os que trabalhavam com cobre fabricavam bandejas. Um ourives exibia brincos, pulseiras e colares prontos para serem gravados em selos de família. Tecelões vendiam tecidos e tapetes em outra rua, enquanto a próxima estava repleta de padeiros. O estômago de Amós doeu de fome, mas ele não parou. Não tinha dinheiro para comprar. Distraído, pegou grãos secos de seu alforje para aliviar a dor na barriga.

Perambulou pelo vale dos fabricantes de queijo e voltou para as barracas cobertas de cestas de cevada e trigo, botijas de azeite e jarras de vinho, caixotes de azeitonas e cestos de figos ainda verdes. Favos de mel dourado pingavam em tigelas, enquanto nas proximidades outro mercador anunciava bálsamo à venda.

Mercadores de tapetes e cesteiros chamavam Amós quando ele passava. Um fabricante de tendas regateava com um cliente.

Jerusalém era, de fato, uma cidade de riqueza e comércio. As pessoas pareciam não desejar nada. O que lhes faltava tinha pouco a ver com o corpo e tudo a ver com o coração e a alma. Toda a sua força era gasta no que eles podiam segurar nas mãos.

Amós fez uma pausa para ouvir um jovem tocar lira para um cliente, enquanto seu pai amarrava cordas em um alaúde. O cliente apontou para um nebel de dez cordas lindamente esculpido, exibido ao lado de uma fileira de flautas de osso. O jovem pegou uma e começou a tocá-la. A um sinal, ele entregou o instrumento ao pai. Ele permitiu que o cliente o segurasse, puxasse as cordas e acariciasse a madeira esculpida. Amós pegou algumas flautas de junco e as admirou. O desejo de possuir selaria a barganha. Ele as colocou no chão rapidamente e foi embora.

Amós passou por um portão e desceu um caminho. Cansado, sentou-se à sombra de um pé de mostarda e encostou-se a uma parede. Um hissopo crescia entre as pedras.

À frente dele estava o Monte das Oliveiras. Estava calmo ali, quieto o suficiente para lhe permitir pensar, embora fosse a última coisa que queria fazer depois do que acabara de ver. Ele pressionou as palmas das mãos contra os olhos.

– Eu vejo pecado, Senhor. – Tentador, sedutor, parecendo deleitar e trazer satisfação. – É o que vejo!

O orgulho prometia prazer e segurança, mas traria desespero e morte.

Amós caminhou para casa ao luar. Foi para o aprisco e entrou pelo portão estreito, caminhando tranquilamente entre os animais, verificando cada um. Quando o sol nascesse, ele os deixaria sair para o pasto ao sul. Em breve, seria hora de levá-los para longe de Tecoa. Um dos cordeiros ouviu sua voz e veio até ele rapidamente, pressionando-se contra a sua perna. Amós se agachou.

– Sim, estou em casa, pequeno. – E esfregou o rosto do cordeiro.

VÁ PROFETIZAR AO MEU POVO DE ISRAEL.

Confuso, Amós se levantou.

– Israel? – Ele abriu os braços, olhando para o céu. – O reino do norte, Senhor? Samaria?

VÁ PARA BETEL.

Por que Deus o enviaria para falar às dez tribos que haviam se separado do filho de Salomão, Roboão? Eles não tinham seguido Jeroboão, filho de Nebate, capataz da força de trabalho de Salomão? Por que não convocar alguém das dez tribos rebeldes para profetizar para sua nação separatista?

– Eu disse a meus irmãos que tive visões, Senhor. Eles não acreditaram! Pensaram que eu estivesse bêbado ou delirando.

O cordeiro baliu. O rebanho sentiu suas emoções turbulentas e se agitou, inquieto, nervoso.

– Psiu. Está tudo bem, ovelhas. – Amós pegou o cordeiro no colo. Movia-se lentamente entre os animais, falando baixinho, acalmando seu medo. Colocou o cordeiro no chão e foi para o portão. Tirando a flauta de cana do cinto, tocou uma doce melodia que lhe veio à mente. As ovelhas se acomodaram novamente.

Amós olhou para as estrelas. Antes das visões, ele acreditava que Deus não notava o que ele fazia ou pensava. Agora, percebia que Deus via e sabia de tudo. Ainda assim, não entendia por que Deus convocaria um pobre pastor – um homem simples e comum – para pregar a Palavra do Senhor.

Meu amor é infalível e eterno. Estarei com você onde quer que você vá.

Você me ama, e ainda assim me envia para o norte com uma mensagem de destruição. Mesmo querendo perguntar, Amós sabia o motivo. Deus o inundara de entendimento e o estava enviando para chamar seus cordeiros de volta da destruição.

Alguma vez Deus dera a um profeta uma mensagem que as pessoas queriam ouvir? Uma mensagem que acolhessem e celebrassem? Talvez Israel ouvisse dessa vez. Mesmo ele sendo um pastor. Por que não o fariam, quando as visões de Deus mostravam a destruição dos inimigos que os cercavam? Celebrariam exatamente como ele fizera antes de entender que os pecados de Judá não estavam escondidos do olhar límpido e santo de Deus. O rico e poderoso Israel se regozijaria ainda mais diante do julgamento das nações e provavelmente também sobre a destruição de seus irmãos judeus, ou então Samaria se tornaria a cidade na montanha.

O capataz de Salomão havia se coroado rei Jeroboão I, com sonhos de construir uma dinastia. Para isso, tinha abolido o sacerdócio levítico e estabelecido o seu próprio. Tinha afastado o povo de Jerusalém e construído bezerros de ouro para eles adorarem em Betel e Dã!

Eles fazem todas essas coisas, Senhor, e ainda assim o reino de Judá deve ser destruído? Como posso dizer essas coisas? Posso deixar meu próprio povo e ir até eles? Judá! E quanto a Judá?

Você será meu profeta em Israel. Meu espírito descerá sobre você, e você falará a Palavra do Senhor.

O profeta

Amós sentiu o peso de seu chamado e se ajoelhou para suplicar a Deus:
– Não sou morador de uma cidade, Senhor. Você sabe disso. Sou um pastor. Um homem de rebanhos e campos. Odeio ir a Jerusalém e agora você quer que eu vá para Betel, um lugar ainda mais corrupto? Tenho feito tudo o que posso para ficar longe das cidades. Eu não suporto estar entre tantas pessoas. E o barulho e a confusão me são insuportáveis. Sou apenas um pastor.

Sou seu Pastor, Amós. Você vai me obedecer?

Embora as palavras fossem suaves e cheias de ternura, Amós sabia que o curso de sua vida estava na resposta.
– Eu não sou digno.

Eu o chamei pelo nome. Você me pertence.

– Mas, Senhor, você precisa de alguém que os faça ouvir. Precisa de um porta-voz poderoso. Precisa de alguém que conheça a Lei. Precisa de alguém capaz de convencê-los a fazer o que você quer. – Ele baixou a cabeça, envergonhado. – Precisa de alguém que os ame, Senhor. E eu não me importo com eles!

Eu não preciso de ninguém, meu filho. Quero você. Vá para Betel, Amós. Minha graça é tudo de que você precisa. Vou dizer-lhe quando falar e o que dizer.

– E minhas ovelhas, Senhor? – Amós baixou a cabeça, aflito. – Como posso confiá-las a mercenários? – Olhou para cima, engolindo os soluços.

– Minhas ovelhas. – Lágrimas correram por seu rosto. – Ninguém as ama como eu.

Uma brisa calma soprou suavemente pela grama de inverno, e Deus sussurrou:

Alimente minhas ovelhas.

Amós dormiu no portão do aprisco, mas, inquieto, despertou muito antes do amanhecer. Sentou-se, apoiado na parede, e olhou para seus animais. Conhecia os traços e a personalidade de cada um deles. Tinha salvado um de um buraco, outro do ataque de um leão, outro das águas da enchente de um rio. Alguns ficaram por perto e nunca se aventuraram para longe do rebanho, enquanto outros costumavam perambular. Alguns aprendiam rapidamente, enquanto outros pareciam destinados a se meter em dificuldades em todo novo pasto. Seu coração doía porque ele os amava.

Alimente minhas ovelhas, dissera o Senhor quando a noite desceu sobre a terra.

– Perdoe-me, Senhor, mas me importo mais com esses animais do que com as pessoas. Homens cuidam de si. Fazem o que querem. As ovelhas são indefesas sem um pastor.

Mesmo enquanto dizia essas palavras em voz alta, ele se perguntava se elas seriam verdadeiras. Via as coisas de forma diferente naquela manhã. Talvez fossem as visões de destruição que assombravam seus pensamentos.

Alimente minhas ovelhas.

Os homens eram como ovelhas? Sempre tinha pensado neles como lobos, ou leões, ou ursos... especialmente os sacerdotes, que podiam tornar a vida miserável se quisessem, e até mesmo destruí-la. Mas e as pessoas comuns, homens e mulheres como ele, que queria fazer o certo, mas muitas vezes acabava fazendo o que era conveniente? Tinha sido ensinado a nunca discutir com um sacerdote, mas seu coração muitas vezes se enfurecia dentro do peito.

Ele se virou para o norte, pensando em Betel. Essa cidade do Reino do Norte não ficava muito longe – a apenas dezoito quilômetros –, mas parecia um país distante. Suas viagens o haviam mantido nos pastos de Judá e no território de Benjamim, sempre trazendo-o de volta para casa em Tecoa. Betel era o último lugar para onde queria ir. Mas não teria paz até obedecer ao Senhor.

No frescor da manhã, Amós avistou Elkanan e Ithai conduzindo seus rebanhos para o pasto. Amós permaneceu no aprisco, observando os sobrinhos com os rebanhos que havia lhes dado. O que viu o agradou. Descendo, Amós abriu o portão e levou as ovelhas para fora. Elkanan e Ithai o viram e o saudaram. Amós foi em direção a eles.

Elkanan o cumprimentou calorosamente.

– Tio!

Assim que Elkanan se afastou, Ithai também o abraçou e sorriu.

– Você passa menos tempo em Jerusalém a cada ano.

Jerusalém. A tristeza tomou conta de Amós quando teve de novo a visão da inundação. *Jerusalém!* Há quanto tempo ainda ficaria desesperado diante do que vira lá? Nunca fora invadido por uma onda de tristeza como sentia agora diante das lembranças dolorosas e sombrias do futuro.

Ficou com os sobrinhos o resto do dia, ouvindo suas histórias de predadores frustrados, cordeiros doentes e cuidados, ovelhas errantes encontradas, currais expandidos para acomodar mais animais. Amós entendeu. Em vez de sair sozinhos, cada um com seu rebanho, eles ficavam juntos, compartilhando o fardo de cuidar das ovelhas.

Chegou seu momento de falar.

– Fui chamado para longe.

Elkanan olhou para o tio.

– Para longe? Quando? Para onde?

– Amanhã, antes do nascer do sol. – Ele se apoiou pesadamente em seu cajado e engoliu o nó na garganta. – Adicionem meu rebanho aos seus e cuidem deles como eu faria.

Elkanan olhou para as ovelhas e depois para Amós. – Devemos ficar aqui em Tecoa até você voltar, tio?

– Não. Levem-nos para novas pastagens. Os pastos de Jericó estão abertos para vocês. Se Jashobeam os questionar, digam-lhe que estas são minhas ovelhas. Paguei pelos direitos de pastagem trabalhando em seus bosques de sicômoros. Se eu não tiver retornado até vocês voltarem aqui para invernar os rebanhos, levem apenas os melhores cordeiros para Jerusalém.

Seu pulso acelerou de repente quando ele se lembrou do Senhor rugindo como um leão dentro de sua cabeça. "O que quer que faça, faça como o Senhor quer que faça. Faça o que é certo, não importa o que os outros façam. Fuja do mal."

– O que aconteceu, tio? – Elkanan o encarou.

– O Senhor me mostrou o que acontecerá conosco se não nos arrependermos e voltarmos para ele.

Os sobrinhos lançaram sobre ele uma enxurrada de perguntas. Amós se consolou com o fato de eles não sugerirem que ele descansasse. Não lhe disseram para comer algo para voltar a se sentir melhor.

– O pecado traz a morte, meus filhos. Façam o que é certo. Convençam seus pais disso. Deus vê o que os homens fazem. Conhece seus corações. Façam o que é certo e vivam.

– Vamos lhes falar, tio.

Eles pareciam muito perturbados. Mesmo se pudessem ser convencidos, Ahiam e Bani ouviriam? Amós duvidou. Bani podia considerar se afastar dos negócios que o fizeram prosperar, mas não por muito tempo. Ahiam iria convencê-lo a voltar a adorar os lucros. Amós lembrou-se de quanto a consciência do pai sofrera. Mas Ahiam e Bani tinham passado a maior parte da vida à sombra do templo, em meio a sacerdotes corruptos que não viam nada de errado no que faziam. E agora consideravam sua crescente riqueza uma bênção de Deus.

– Tio? Por que está chorando?

Amós lutou contra as emoções que o esmagavam e tentou manter a voz firme.

– Devo ir para Betel.

– Betel! Mas, tio... quanto tempo vai ficar fora?

– Não sei. – *Algumas semanas, Senhor? Um mês? Um ano?*

Silêncio.

Talvez fosse melhor não saber.

TRÊS

Amós acampou nas colinas perto de Betel. Vendo a luz da lâmpada na parede da tenda, sabia que os soldados estavam estacionados nas torres de vigia.

Betel! Depois de roubar a primogenitura de Esaú, Jacó fugiu e parou para descansar ali, usando uma pedra como travesseiro. Em sua visão, ele viu uma escada para o céu, pela qual anjos subiam e desciam, e Deus fez uma aliança com ele. Não importava que Jeroboão tivesse reivindicado essa cidade para começar sua nova religião. Mesmo tendo sido libertados do Egito, os israelitas rapidamente retornaram ao culto pagão de seus opressores, enquanto Moisés estava no topo do Monte Sinai recebendo a Lei de Deus. Jeroboão havia seduzido as dez tribos do norte com o mesmo deus: um bezerro de ouro. E o povo queria conveniência. Por que andar dezoito quilômetros até Jerusalém para adorar o verdadeiro Deus três vezes por ano, quando havia outro deus ali em Betel? Jeroboão conhecia bem o povo. Dera-lhe o que ele queria: ídolos vazios feitos por mãos humanas e a ilusão de controlar a própria vida.

O PROFETA

Jeroboão, um bode que conduzia as ovelhas ao matadouro. Sabia quais lugares significavam mais para o povo e os reivindicavam. Outro bezerro de ouro residia em Gilgal, onde os israelitas cruzaram o rio Jordão depois de quarenta anos perambulando pela região selvagem. Gilgal, o lugar onde o povo de Israel se consagrara a Deus e celebrara a primeira Páscoa em Canaã; o lugar onde tinham comido o primeiro fruto da terra depois de quarenta anos de maná. E agora também estava contaminado pela adoração pagã. Mesmo Berseba, onde Deus fizera promessas de bênção a Abraão, depois a Isaac e, finalmente, a Jacó, era agora um local de culto da religião profana de Jeroboão.

Amós dormiu inquieto e acordou quando ainda estava escuro. Levantou-se, desceu o morro até a estrada e seguiu até as portas de Betel, onde esperou amanhecer. Comerciantes chegaram com seus produtos, ignorando os mendigos que se aproximavam. Alguns dos pobres tinham pouco mais que uma túnica para os manter aquecidos. Quando os portões foram abertos, Amós moveu-se entre a multidão, abrindo caminho para o centro da cidade, no qual ficava o templo de Jeroboão que abrigava o bezerro de ouro.

O monte era um formigueiro de atividade, no qual peregrinos carregavam suas oferendas para cima e para dentro do templo. Sacerdotes neófitos, vestidos com éfodes de linho fino, os saudavam na entrada. Não havia nenhum levita entre eles, pois Jeroboão havia abolido o sacerdócio legítimo e estabelecido o seu próprio. Tudo o que um homem precisava para se tornar sacerdote era de um novilho e sete carneiros! E quem, tendo os meios, não os pagaria, quando todos os benefícios do sacerdócio poderiam enriquecer um homem e sua família? Poder, riqueza e prestígio vinham com o posto, bem como a capacidade de pilhar o povo de tudo o que eles julgavam ser uma "oferenda adequada" para ficar nas boas graças dos falsos e caprichosos deuses de Jeroboão.

Tendo expulsado até os levitas fiéis das cidades do norte, não sobrou ninguém para ensinar a verdade ao povo.

– Esmola para um cego... – lamentou um homem nos degraus inferiores da escada, com um pequeno saco de tecido na mão. Ele o estendia ao ouvir o som das pessoas que passavam. – Esmola para um cego. Tenha pena de mim.

Amós parou para olhá-lo bem no rosto. O homem tinha olhos opacos e rosto moreno e enrugado por anos de sol. Estava vestido de trapos, e suas mãos nodosas revelavam que a cegueira não era sua única enfermidade. Amós tinha trazido apenas alguns *shekels*. Ele pegou um de sua bolsa, se inclinou e colocou a moeda no saco.

– Que o Senhor tenha compaixão de você.

Os dedos do homem tatearam a moeda enquanto ele declarava seus agradecimentos.

Quando Amós subiu os degraus, observou os sacerdotes aceitarem dinheiro e enfiá-los em suas bolsas. Um deles estendeu a mão quando Amós se aproximou. Amós olhou para ele com desprezo.

O sacerdote enrijeceu.

– Aqueles que não dão a Deus não podem esperar bênçãos.

– Não receberei uma bênção de seu deus – Amós falou e começou a andar.

– Na verdade não, já que é tão indelicado e ingrato. Você terá uma maldição sobre a cabeça...

Fazendo uma pausa, Amós se virou, olhou profundamente nos olhos do homem e disse:

– Ai de você, falso sacerdote. Você já vive sob uma maldição de sua própria autoria. – E, dando-lhe as costas, entrou no templo.

Caminhava com os outros, atento, absorvendo tudo. Os homens estariam tão ansiosos para ser tosquiados? Amós foi até o corredor interno e ficou de lado. Apoiado no cajado, viu e ouviu que homens e mulheres murmuravam incoerentemente enquanto avançavam, com a intenção de ver o bezerro de ouro em que depositavam esperança. Alguns carregavam pequenos tapetes de oração tecidos, que desenrolavam e sobre os quais se ajoelhavam confortavelmente. Erguiam as mãos para o alto e se curvavam em adoração diante do altar de chifres. Cantavam canções de louvor. Os sacerdotes agitavam queimadores de incenso. Uma pesada nuvem de fumaça cinzenta e enjoativa pairava sobre os adoradores, sustentada por uma névoa de mentiras.

E ali estava seu deus em toda a sua glória. Será que aquelas pessoas realmente acreditavam que aquela estátua oca e sem sangue podia responder a suas orações?

Era o que parecia.

Aqueles irmãos israelitas não sabiam mais a diferença entre justiça e blasfêmia. Como puderam depositar uma fé tão ardente naquele grande pedaço oco de ouro moldado por um homem? Aquele bezerro não podia ajudar nem a si mesmo, quanto mais fazer qualquer coisa por eles! Homens sem Deus depositavam sua confiança em uma teia de aranha, sem saber que haviam sido capturados e presos. Tudo com que aquelas pessoas contavam para mantê-los seguros cairia, puxando-os para baixo.

Músicos dedilhavam liras. Os sacerdotes cantavam.

Uma mulher correu chorando para o marido, exibindo um talismã que um sacerdote lhe vendera.

– Ele disse que teremos um filho...

Um homem, pálido e esquelético, pagou por um feitiço que o curasse de suas doenças.

Amós seguiu um pai e seu filho para fora do templo.

– Já coloquei o meu pedido, filho. Você ficará muito satisfeito com o que escolhi. Já que é seu aniversário, você irá primeiro, e eu esperarei a minha vez.

Quando entraram em um prédio vizinho, Amós os seguiu. Ao passar pela porta, ouviu risos. Homens e mulheres descansavam em uma sala à sua direita. Alguém dedilhava uma lira.

Uma jovem elegantemente vestida, os olhos escuros maquiados com *kohl* egípcio, levantou-se para cumprimentá-lo. Ela não sorriu.

– Venha comigo – ela disse. Sinos tilintavam quando ela caminhava.

Amós não se moveu.

– Que lugar é este?

Ela se virou e olhou para ele.

– O bordel do templo. – Uma expressão curiosa foi o primeiro sinal de vida em seu rosto. – Você prefere meninos?

– Meninos?

Ela deu de ombros.

– Alguns preferem.

Amós saiu da casa rapidamente. Atravessou o pátio e ficou à sombra de uma parede do templo. Uma visão se seguiu: gritos dos moribundos, fumaça, corpos esparramados nas ruas. Apoiando-se pesadamente em seu cajado, ele inclinou a cabeça. *E agora, Senhor? Devo falar agora?*

Deus não respondeu.

Amós sentou-se nos degraus do templo e esperou. À sua volta, as pessoas corriam para o pecado, rindo. Os ricos empurravam os pobres. Se parassem, era para zombar, e não para mostrar piedade.

Como Israel afundara naquilo? Será que fora no tempo de Salomão, quando aquele grande rei de suposta sabedoria permitira que suas esposas e concubinas desviassem seu coração de Deus? O Senhor havia usado o capataz da casa de Salomão como força de trabalho para dividir o reino em dois. Os espiões do rei lhe haviam dito que um profeta havia predito que Jeroboão governaria dez das doze tribos. Em vez de dar ouvidos ao aviso de Deus e se arrepender, Salomão tentou matar Jeroboão.

O PROFETA

Fugindo para o Egito, Jeroboão esperou até que o rei morresse e só então voltou para fazer seu movimento em direção ao poder. Pediu a Roboão, filho de Salomão, agora rei, que iluminasse a força de trabalho sobre o povo.

Deus conhecia o orgulho dos homens, mas ainda lhes deu uma oportunidade de arrepender-se. Sábios conselheiros cercaram Roboão e lhe deram bons conselhos. Roboão recusou-se a ouvi-los, preferindo o conselho estúpido de jovens mimados e arrogantes que lhe disseram que ele seria ainda maior que o grande rei Salomão.

O rei Salomão amava mais as mulheres do que Deus. Seu desejo de agradá-las afastou o povo, pois uma esposa queria um altar para o deus pagão Quemós, outra curvou-se ao detestável ídolo de Moabe, e outras adoravam Moloque, o ídolo de Amon, na montanha a leste de Jerusalém. Salomão foi levado a adorar Astarte, deusa dos sidônios, e Milcom, deus dos amonitas.

Como um homem famoso de ser o mais sábio da terra podia ter sido tão tolo?

O rei Roboão tentou mostrar sua autoridade enviando um servo para chamar o povo de volta ao trabalho. Quando o servo foi apedrejado até a morte, Roboão fugiu para Jerusalém. Lá reuniu as tribos de Judá e de Benjamim e convocou guerreiros para a guerra, mas, por meio de seu profeta, o Senhor ordenou para que ele parasse o que estava fazendo. "Não vá à guerra contra seus irmãos!". Dessa vez, Roboão o ouviu e se arrependeu. Qualquer homem que lutasse contra Deus estava destinado a perder, e ele queria manter o poder que possuía. Ele ficou em Jerusalém e governou sobre Judá e Benjamim, esperando que as outras dez tribos retornassem. Afinal, o Senhor exigia que viessem três vezes por ano a Jerusalém para o culto, e os levitas os atraíam de volta a Deus, e ao rei legítimo.

Jeroboão conhecia os riscos. Não tinha confiança em Deus, embora o Senhor lhe tivesse dado as dez tribos. Fez seus próprios planos e deu aos israelitas o deus que seus ancestrais tinham adorado no Egito: um bezerro de ouro. Não tinham as tribos desejado voltar ao Egito? Não haviam sempre tentado seguir os caminhos das outras nações? Até Aarão, irmão do grande legislador Moisés, havia construído um bezerro de ouro. Jeroboão lhes dera dois e os colocara nas cidades nas quais Deus havia falado aos patriarcas: Betel e Dã.

– Eis seus deuses, Israel!

O povo se alegrou e se reuniu para adorar os bezerros de ouro.

A religião de Jeroboão cresceu tão rapidamente e prosperou tanto que ele estabeleceu bezerros e bodes de ouro em Gilgal e Berseba. Construiu palácios na "montanha do relógio", em Samaria, sua capital. Santuários surgiram como ervas daninhas em todos os territórios. Ele silenciou todos os protestos, abolindo o sacerdócio levítico estabelecido por Deus. O novo sacerdócio fez o que rei queria, arrecadando lucros dos santuários reais.

O plano astuto de Jeroboão funcionou. Afinal, os homens queriam facilidade, e não trabalho duro. Então, por que não adorar ídolos? Os homens teriam prazer imediato com prostitutas do templo. O pecado seria aprovado. Ninguém precisava decidir entre certo e errado. Viva para si mesmo. Vá em frente: minta, engane, roube – todo mundo está fazendo isso –, contanto que dê ao rei sua parte das oferendas! Por que servir a um Deus santo, que lhe exigia obedecer à Lei, quando outros deuses lhe permitiam chafurdar na autogratificação? As pessoas rejeitavam a verdade e engoliam mentiras, virando as costas ao Deus amoroso e misericordioso que supria todas as suas necessidades. Em vez disso, seguiam um rei que governava como desejava.

Devo falar aqui, Senhor? Devo falar agora contra todos os que vejo?

Mais uma vez, Deus não respondeu.

A frustração dominou Amós. A raiva crescia quanto maior era a espera. O pecado estava sobre o altar, e o povo o louvava! Betel, outrora um lugar santo, era agora uma cidade de blasfêmia! Amós não suportava ouvir os sacerdotes chamando o povo para a adoração naquele templo imundo. Ao afastar-se, ele empurrou a multidão, gritando para que o deixassem passar, ansioso por sair do Monte do Templo e descer a rua lotada.

Só depois que deixou a cidade para trás ele sentiu que podia voltar a respirar.

Soltou um grito de emoção reprimida e se dirigiu o mais depressa que pôde para as colinas. Jerusalém já lhe parecera suficientemente ruim, mas agora ele via bem a cidade! Ele abriu os braços e rugiu:

– Israel! Israel! – As dez tribos haviam chafurdado no pecado e nem mesmo o percebiam. Ele andou de um lado para outro, murmurando. Finalmente, desesperado, tentou implorar. – Senhor... Senhor...

Um glorioso pôr do sol cruzou o céu ocidental. O tilintar de sinos o fez levantar a cabeça. Um pastor conduzia suas ovelhas pelo campo em direção a sua casa.

Amós segurou a cabeça entre as mãos.

– Mande-me para casa, Senhor. Deixe-me profetizar a seu povo em Judá e Benjamim. Por favor, Senhor!

Nenhuma resposta veio.

Amós chorou.

Amós perambulava pela cidade de Betel todos os dias, esperando que o Senhor lhe ordenasse falar. No Monte do Templo, sentiu o cheiro de incenso que os sacerdotes ofereciam, ouviu seus cantos e canções. Nas ruas e nos mercados, os ricos usavam seu poder para tomar o que quisessem dos pobres, desfilando elegância e privilégio diante daqueles que enganavam.

Às vezes ficava à sombra de um portão e ouvia os anciãos mudarem as leis a seu favor e roubar dos pobres o pouco que tinham. Um juiz tirou o manto de um homem pobre e o entregou a um comerciante em troca de uma jarra de vinho. Outro aceitou as sandálias de um infeliz como penhor de uma dívida e não fez nem mesmo uma cara de culpa quando o homem saiu mancando para trabalhar em uma pedreira.

Tremendo de raiva, Amós se virou e subiu a colina. Ao ouvir gritos de saudação, olhou para trás. Uma delegação se aproximava.

Fogo sagrado se derramou nas veias de Amós quando Deus falou com ele. Ele desceu a colina e estendeu seu cajado, apontando para eles à medida que o Senhor falava por meio dele. Eis o que diz o Senhor: "O povo de Damasco pecou repetidas vezes, e não vou deixá-lo impune".

A voz de Amós se ergueu acima do barulho da multidão, ecoando na rua estreita.

– Eles derrotaram meu povo em Gileade como o grão é debulhado com trenós de ferro. Então vou atear fogo no palácio do rei Hazael, e as fortalezas do rei Benadade serão destruídas. Vou quebrar os portões de Damasco e exterminar o povo no vale de Aven. Destruirei o governante em Beth-Eden, e o povo de Aram irá como cativo para Quir, diz o Senhor.

– Quem é esse mendigo que profere insultos? – Com os rostos vermelhos de consternação, os assírios protestaram ruidosamente. – É assim que os servos de Benadade são recebidos quando vêm em paz?

– Você fala de paz, mas a guerra está em seu coração – disse Amós.

– Cuidado com o que diz. Você pode acabar com a cabeça em um poste!

– Voltem para Damasco!

As pessoas se afastaram de Amós, mas continuaram olhando-o enquanto ele gritava:

–Vão e contem ao seu rei o que o Senhor Deus disse! Fora daqui!

As pessoas sussurravam e depois começavam a falar. Algumas gritavam. Logo, a rua estava cheia e as pessoas cercavam Amós. Com o coração batendo forte, ele gritou e ergueu o cajado novamente. As pessoas lhe deram passagem quando ele caminhou pela rua. Ele estava ansioso para fugir daquele lugar, para longe deles.

Eles fizeram perguntas. Ele não respondeu.

– Quem é ele?

– Não sei.

– Parece um pastor.

– Mas você o ouviu falar!

– Apenas um louco falando.

– Nunca ouvi um homem falar com tamanha autoridade.

O julgamento do Senhor os excitou. Será que ele não sentiu o mesmo? *Deixe vir, Senhor! Que venha!*

As pessoas gritavam de todas as direções.

– Você ouviu o que o profeta disse?

– Damasco em ruínas!

– Essa é uma coisa que eu gostaria de ver.

Já que se tratava do julgamento de seus inimigos, por que não comemorar? Por que não torcer e gritar? O Senhor lhes dera palavras para saborear, visões para se alegrar. Eles ouviram Suas palavras.

Será que continuariam ouvindo?

Amós escapou por uma rua lateral.

– Para onde ele está indo?

– Profeta! Espere! Dê-nos outra profecia.

Amós lembrou-se de outras visões que o Senhor havia lhe mostrado e correu. Não era o momento. Devia esperar o Senhor. Devia esperar! Alguns correram atrás dele. Virando uma rua e depois outra, Amós os deixou para trás. Sem fôlego, seu corpo tremia violentamente. Emoções guerreavam dentro dele: a ira que o fazia ranger os dentes e gemer, e a angústia que trazia uma torrente de lágrimas. *Senhor, Senhor!*

A onda de emoção cresceu e diminuiu, deixando-o exausto. Ele atirou-se contra a parede e agachou sobre os calcanhares. Seu cajado caiu no chão. Ainda ofegante, ele apoiou as mãos nos joelhos e baixou a cabeça.

Uma porta se abriu, e uma mulher ficou olhando para ele. Quando ele encontrou seu olhar, ela entrou e fechou a porta.

Crianças brincavam na rua.

Um pássaro cantou de um raminho de hissopo que crescia em um muro alto.

Um homem e uma mulher discutiam do outro lado da rua.

Enrijecendo ao ouvir o som de pés correndo, Amós se levantou. Gritos e maldições. Risos excitados. Jovens passaram por ele correndo. Um jogou-lhe algumas moedas. Ao eco de suas sandálias, um homem furioso surgiu dobrando a esquina e só parou para pegar as moedas caídas.

Uma janela de treliça se abriu acima dele. Amós olhou para cima e viu que uma mulher que vestia um caro roupão babilônico tomava um gole de uma taça de prata.

– O que está fazendo aí embaixo? – ela perguntou e, sem esperar por uma resposta, desapareceu, e um criado apareceu na janela e despejou uma tigela cheia de alguma coisa. Amós mal conseguiu escapar ao ver-se coberto por dejetos domésticos. A mulher rica apareceu novamente e riu dele.

Amós encontrou o caminho que levava ao portão principal. Um homem o reconheceu e sussurrou para os anciãos. Ele não esperou que alguém o detivesse.

Amós encontrou uma pequena caverna nas colinas na qual poderia passar a noite. Na manhã seguinte, esperou e orou até que Deus o impelisse a retornar a Betel, onde, assim que passou pelo portão, ouviu o zumbido de sussurros.

– Ele voltou! O profeta está de volta.

O profeta

Um jovem forçou passagem pela multidão e subiu a rua. Ninguém tentou parar Amós ou lhe fazer perguntas quando ele passou pelo portão e entrou na cidade. As pessoas o seguiram até o Monte do Templo e ficaram assistindo. Falavam escondendo a boca atrás das mãos, olhos ansiosos. Ele sentou-se no degrau mais baixo do templo e esperou. Alguém colocou um prato na frente dele, no qual as pessoas começaram a jogar moedas. Irritado, ele chutou o prato para longe. Com um suspiro coletivo, elas recuaram e o encararam. Algumas rapidamente recuperaram as moedas que tinham lhe oferecido.

– Os sacerdotes estão chegando...

– Os sacerdotes...

O jovem que tinha passado correndo pelo portão se aproximava com dois sacerdotes. Amós não se levantou. Eles murmuraram entre si e então pararam entre ele e o povo.

O sacerdote mais alto falou baixinho:

– Você agitou as pessoas ontem com sua profecia contra Damasco.

Algumas pessoas se aproximaram, rostos extasiados e ansiosos.

Amós desviou o olhar deles para os sacerdotes e descansou o cajado sobre os joelhos.

– Essas pessoas ficam facilmente agitadas.

– Gostaríamos de falar com você, profeta, ouvir o que você tem a dizer.

O sacerdote mais alto olhou incisivamente para os homens e mulheres que se aproximavam.

– Talvez você prefira um lugar mais privado.

– Pergunte o que quiser aqui e agora, embora provavelmente eu não seja capaz de responder.

– Qual é o seu nome?

– Amós. – Ele nunca tinha dado muita atenção ao seu nome, mas agora se perguntava se Deus havia obrigado seus pais a dá-lo: "portador de fardos". Seu coração estava verdadeiramente sobrecarregado com a tarefa que Deus lhe dera, principalmente pelas visões que carregava na mente.

– E sua aldeia?

– Tecoa.

As pessoas sussurravam, murmuravam.

– Você é judeu.

– Sim, e Deus me chamou aqui para proclamar Sua Palavra.

– O que mais Deus gostaria que você nos dissesse?

– Falo no tempo dele, não no meu.

– Sua profecia contra Damasco foi bem recebida. Todos demos graças a Deus ontem. Nós o teríamos convidado a falar novamente, mas você desapareceu. Para onde você foi?

– Para as colinas.

– Você deveria ter um abrigo.

– O Senhor é meu abrigo.

– Venha, profeta. Junte-se a nós dentro do templo. Temos espaço para você. Vamos adorar juntos.

O calor subiu ao rosto de Amós. Ele não tinha nenhuma intenção de ser atraído para dentro daquele lugar vil.

– Vou me sentar aqui e esperar o Senhor.

Olhos escuros brilharam, palavras suaves foram murmuradas. Eles se curvaram em respeito e começaram a subir os degraus. O homem que havia relatado a chegada de Amós permaneceu fora do templo e se insinuou entre os observadores. Dois guardas do templo desceram e tomaram suas posições. Amós sorriu fracamente.

A manhã passou devagar. As pessoas se afastaram. Quando estava com sede, Amós levava o odre de água aos lábios. Quando estava com fome, pegava grãos e passas na bolsa.

O PROFETA

Os guardas procuraram sombra. Outros vieram ocupar seu lugar.

Amós partiu quando o sol estava se pondo, mas voltou no dia seguinte e no próximo, e de novo no próximo. Sentia a língua pesando na boca. Dia após dia, observava o povo de Betel viver sua vida, enganando uns aos outros, buscando o consolo das prostitutas e fazendo oferendas a seus ídolos. Ele esperou e orou. E as pessoas se esqueceram dele.

Certa manhã, quando chegou, filisteus encontravam-se parados no portão. Costas retas, cabeça erguida, falavam com os anciãos, que, nervosos, lhe davam atenção.

O fogo inundou o sangue de Amós, e o Espírito Santo tomou conta dele.

– Assim falou o Senhor – disse ele, caminhando na direção deles. – "O povo de Gaza pecou repetidas vezes, e não vou deixá-lo impune! Eles enviaram aldeias inteiras para o exílio, vendendo-os como escravos a Edom. Então enviarei fogo sobre os muros de Gaza, e todas as suas fortalezas serão destruídas."

A fúria se espalhou pelos rostos dos filisteus. Dois deles puxaram a espada.

Amós bloqueou um deles com a clava e usou o cajado para empurrar o outro e imediatamente jogá-lo no chão. Espadas chocaram-se contra as pedras. Quando o guerreiro caído tentou se levantar, Amós bateu nas costas dele com o calcanhar. E atirou o outro contra uma parede.

– *Assim diz o Senhor!* – Sua voz trovejou no portão. – "Vou massacrar o povo de Asdode e destruir o rei de Ascalão. Então me voltarei para atacar Ecrom, e os poucos filisteus que restarem serão mortos." – Amós levantou o pé e deu um passo para trás para atingir o homem caído. – Voltem! – Ele os expulsou do portão. – Vão e levem a Palavra do Senhor a seu rei.

Reinava o pandemônio. Uma multidão cercou Amós. As pessoas o empurravam de todos os lados. Estranhamente, ele não sentiu nenhum medo, nenhum desejo de fugir. Mesmo quando foi arrastado como uma folha em um riacho, sentiu-se calmo. Surgiu à sua frente o templo de Betel no qual um grupo de sacerdotes esperava. Guardas desceram os degraus e levaram Amós sob custódia, enquanto os sacerdotes acalmavam a multidão.

Um sacerdote aproximou-se e pôs a mão sobre o braço de Amós.

– Você nos traz boas notícias.

– Eu falo a Palavra do Senhor – disse, retirando o braço.

Os olhos do sacerdote ficaram frios, calculistas, inquisitivos.

– Assim como nós.

Outro acenou.

– Você deve ter um alojamento dentro da cidade.

Amós segurou o cajado diante dele.

– Vivi minha vida nos campos do Senhor.

– Um homem da sua importância deve viver com conforto.

Alguém puxou a manga de Amós.

– Posso lhe dar hospedagem.

– Não! Venha comigo.

– Tenho uma casa de verão na qual você pode ficar!

Surpreso com tais ofertas, Amós voltou-se para o povo.

– O Senhor me deu um lugar onde morar. – E desceu os degraus.

– Profeta! – gritou um dos sacerdotes. – Não vai nos dar nenhuma resposta?

Amós considerou o grupo em sua riqueza.

– Deus vai lhes responder. – Virando-se, atravessou o pátio.

As pessoas se aglomeravam ao redor dele, fazendo perguntas, elogiando-o, implorando por outra profecia. Chegaram tão perto que ele mal podia se mover.

– Deixem-no passar! – gritou um sacerdote.

As pessoas recuaram o suficiente para que ele pudesse prosseguir em direção à rua que levava ao portão principal. Os guardas apareceram, e o povo se aquietou. Amós respirou aliviado quando deixou os confins de Betel. Olhando para trás, viu que um grupo de homens o seguia e tentou mandá-los embora.

– Só queremos falar com você!

Aturdido, precisando de solidão, Amós dirigiu-se para as colinas. Andou aparentemente sem rumo. Conhecendo a cidade, sabia que os moradores se cansariam e desistiriam. Quando o sol começou a se pôr, Amós foi até a pequena caverna na encosta de uma colina, onde havia deixado seus suprimentos, e se acomodou para passar a noite.

Vozes sussurravam lá fora.

– Por que ele mora em uma caverna quando poderia ter um quarto perto do templo?

– Não sei.

Amós puxou o manto sobre a cabeça.

Até raposas tinham uma cova, mas parecia que um profeta do Senhor não teria um lugar privado onde deitar a cabeça.

Quando Amós se levantou, encontrou presentes na saída da caverna. No primeiro dia, havia uma pequena cesta de frutas. No segundo, encontrou uma bolsa de grãos torrados e um manto tecido. No terceiro dia, acordou com um tinido e, ao sair, encontrou uma tigela e oferta de moedas. Amós levou o manto e as moedas para Betel. Um homem com uma túnica gasta tremia de frio, esperando o portão abrir. Amós o tocou no ombro. Quando o homem se virou, Amós estendeu-lhe o manto.

– Isto vai mantê-lo aquecido.

Os olhos do homem se estreitaram.

– Está zombando de mim? Não posso pagar um manto como esse.

– Eu o estou dando a você – respondeu Amós.

O homem olhou para ele com surpresa e depois para o manto com desejo. Ainda assim, não levantou a mão para pegá-lo.

– Qual o seu nome?

– Issacar.

– Por que não aceita o manto, Issacar? Você precisa dele.

O homem parecia zangado.

– Assim que mostrar meu rosto no portão, serei acusado de tê-lo roubado. Perdi tudo. Gostaria de evitar ter minha mão cortada.

– Vou deixar claro que você o ganhou honestamente.

– E quem é você para falar por mim? Um estranho. E vou perdê-lo.

– Por quê?

– Haverá quem queira tirá-lo de mim como pagamento de uma dívida.

– Só por um dia, e depois, por lei, eles terão que o devolver.

Issacar deu uma bufada de desdém.

– Essa lei não existe aqui.

– Quanto você deve?

Issacar lhe disse, e a quantia era muito menor do que a oferenda que havia sido deixada na cesta diante da caverna de Amós.

– Pegue. – Amós ficou ao lado dele. – Vamos resolver sua dívida quando o portão se abrir.

Enquanto caminhava pelas ruas, Amós deu uma moeda a um homem sem sandálias e outra a um velho nazireno. Ao fazer compras no mercado, viu uma viúva com quatro filhos pedindo pão. Deu a ela o que lhe restava e lhe disse para agradecer a Deus pelas provisões.

A cada dia, encontrava mais presentes do lado de fora da caverna.

As pessoas mostravam generosidade para com ele, um estranho, e permaneciam cegas para os pobres da cidade. Haviam gostado do que ele havia dito. Queriam profecias mais favoráveis e achavam que esses subornos as fariam continuar chegando. Não lhes ocorria que a Palavra do Senhor não precisava ser paga.

Amós ficou maravilhado com a forma como Deus usou suas tentativas de controlar a profecia para provê-lo e até mesmo abençoar alguns dos esquecidos e empobrecidos de Betel.

Ainda assim, Amós sabia que chegaria a hora em que esses doadores e bajuladores se voltariam contra ele.

– Quando vai falar de novo, profeta? – um oficial lhe perguntou quando ele entrou em Betel um dia.

– Quando Deus me der as palavras.

Depois de um tempo, ninguém lhe prestava atenção quando entrava em Betel. Até os mendigos o abandonaram, rapidamente cientes de que os presentes haviam cessado e que nada mais receberiam de sua mão. Amós vagou e observou, esperando o Senhor no meio da multidão, agradecido por não ser mais o centro das atenções.

Sabia que era a calmaria antes da tempestade.

Passava longas horas caminhando pelas colinas, agachado nos calcanhares ou sentado em uma pedra para observar os pastores e seus rebanhos. Sentia-se mais à vontade sozinho do que entre as multidões bem-vestidas, bem-alimentadas e prósperas.

Um dia, ele caminhou suficientemente longe a ponto de poder ver Tecoa. Seu coração se apertou de dor. Apoiando-se em seu cajado, ele implorou.

– Por que devo esperar, Senhor? Por que não posso contar todas as visões de uma vez e acabar com isso? – Ele sentiu a resposta na alma e curvou a cabeça.

Oh, ele se importava tão pouco com o povo que Deus amava tanto.

O sol se pôs. Escureceu. Amós olhou para cima e imaginou a mão de Deus arremessando estrelas como pó brilhante pelos céus. Não. Ele estava errado em ter tais pensamentos pagãos, pois Deus tinha apenas que proferir uma palavra, e isso foi feito. Do pó, ele tinha moldado o homem com as mãos. Dera forma à sua criação mais preciosa e surpreendente. Somente o homem fora moldado e amado, o sopro de vida em seus pulmões dado por Deus.

O dossel da noite acalmou Amós, pois sentiu a presença de Deus. Certamente seus ancestrais tinham sentido o mesmo quando vagavam pelo deserto com a nuvem durante o dia e coluna de fogo à noite. Deus podia estar em silêncio, mas estava perto – oh, tão perto – a apenas um fôlego de distância. Carregado com a tarefa que Deus lhe dera, Amós também se sentiu querido. Inconstante, teimoso, contencioso como era, Deus o amava.

Ele também não amava o povo de Betel e Dã, Gilgal e Berseba? Embora fossem obstinados, teimosos e pecadores?

– Alimente minhas ovelhas – Deus havia dito.

– Ajude-me a vê-los por meio dos teus olhos, Senhor. Deixe-me sentir o que você sente em relação ao seu povo para que eu possa melhor servi-lo.

E de repente aconteceu. Angústia, raiva, paixão. Um pai sofrendo por um filho rebelde, clamando: *Volte para mim onde você estará seguro, volte...* Sentença lançada como uma cerca viva para evitar que aquele filho mergulhasse em um precipício direto para os braços da morte.

Você não vê? Você não sabe? Sou sua salvação.

Amós caiu de joelhos, agarrado ao cajado, balançando com a força das emoções.

– Senhor, Senhor... – ele gemeu.

Deus o havia chamado para ser um profeta, e a cada dia ele se entregava mais. Pois naqueles momentos em que o Espírito do Senhor desceu sobre ele, ele estava vivo. Foi apenas mais tarde, quando o Senhor se afastou dele, que Amós sentiu a solidão de sua alma. Já não lhe bastava saber que Deus existia: Deus o ouvia, via e conhecia. Amós sofria por Deus não o habitar mais, transformando sua mente e seu coração. Ele queria que a intimidade durasse.

Pensou em Elias levado para o céu numa carruagem de fogo, sem nunca provar a morte, agora na presença do Senhor; em Eliseu, dividindo o rio Jordão e ressuscitando um menino morto. E em Jonas correndo e se escondendo, apenas para ser encontrado e se tornado mais útil apesar de sua desobediência. Quem poderia duvidar da palavra de um homem meio digerido e vomitado na praia por um peixe? Até os odiados assírios em Nínive tinham ouvido e se arrependido!

Amós fechou os olhos.

– Este é o seu povo, Senhor, seus filhos errantes. Você é meu pastor. Conduza-me, Senhor, para que eu possa afastá-los da morte. Ajude-me.

Ele falaria a Palavra do Senhor. Mas será que eles atenderiam ao chamado de Deus em seus corações e mentes?

Ele temia já saber a resposta. Não tinha o Senhor lhe mostrado o que aconteceria?

Quão rápido os homens se esquecem da Palavra do Senhor.

E escolhem perecer mesmo cercados pela paciência de Deus.

Amós viu uma caravana subir a colina em direção a Betel. Sua visão se turvou, e ele viu guerreiros atacando, fumaça e fogo. E ouviu gritos de terror e dor.

Montados em camelos, cavaleiros lhe gritavam blasfêmias.

Levantando-se, gritou em voz alta e atravessou o pomar. Chegou à estrada e empunhou seu cajado.

– Eis o que diz o Senhor: "O povo de Tiro pecou repetidas vezes, e não vou deixá-lo impune! Eles romperam o tratado de fraternidade com Israel, vendendo aldeias inteiras como escravos para Edom. Então enviarei fogo sobre os muros de Tiro, e todas as suas fortalezas serão destruídas".

Animais uivavam e andavam de um lado para o outro. Os criados corriam atrás deles, tentando mantê-los na linha.

Amós correu e se colocou entre a caravana e a cidade. Apontou o cajado para Edom.

– Eis o que diz o Senhor: "O povo de Edom voltou a pecar, e não vou deixá-lo impune!".

Os visitantes se afastaram, enquanto ele continuou gritando.

– "Eles perseguiram seus parentes, os israelitas, com espadas, sem lhes mostrar misericórdia. Com fúria, golpeavam-nos continuamente, implacáveis em sua ira."

As pessoas se alinhavam nos muros de Betel.

– O profeta! O profeta do Senhor está falando!

– Da sua boca aos ouvidos de Deus!

– Eis o que diz o Senhor. – Amós apontou o cajado na direção de Amon. – "O povo de Amon voltou a pecar, e não vou deixá-lo impune! Quando atacaram Gileade para estender suas fronteiras, rasgaram mulheres grávidas com suas espadas. Então enviarei fogo sobre os muros de Rabá, e todas as suas fortalezas serão destruídas. A batalha virá sobre eles com gritos, como um redemoinho em uma forte tempestade. E seu rei e seus príncipes irão para o exílio!".

Os pulmões de Amós se encheram. Seu coração se elevou. Ele atravessou os portões, com a voz ecoando pelas ruas como um trovão.

– Eis o que diz o Senhor: "O povo de Moabe voltou a pecar, e não vou deixá-lo impune! Eles profanaram os ossos do rei de Edom, queimando-os e transformando-os em cinzas. Então enviarei fogo sobre a terra de Moabe, e todas as fortalezas de Queriote serão destruídas. O povo cairá no fragor da batalha, ouvindo os gritos dos guerreiros e som do chifre de carneiro. Destruirei seu rei e todos os seus príncipes".

– O Senhor defende Israel! – homens gritaram.

– Israel é grande!

Com o sangue em chamas devido à presença do Espírito do Senhor, Amós voltou aos portões e clamou contra Judá.

– Eis o que diz o Senhor: "O povo de Judá voltou a pecar, e não vou deixá-lo impune! Eles rejeitaram a ordem do Senhor, recusando-se a obedecê-la. Foram desviados pelas mesmas mentiras que enganaram seus ancestrais. Então mandarei fogo sobre Judá, e todas as fortalezas de Jerusalém serão destruídas". – Ele parou de falar e lágrimas encheram seus olhos.

O Espírito do Senhor subiu. O sangue de Amós esfriou. Ele ouviu pessoas aplaudindo, gritando do alto do muro.

– Traga o Dia do Senhor! – Pessoas saíram correram de Betel e agruparam-se em torno dele, suas vozes como pássaros tagarelando. – Que venha! Que venha!

Apenas alguns pareciam estar preocupados com o fato de o julgamento do Senhor ter caído tão perto de casa.

Está na hora, Senhor? Eu lhes dei todas as profecias, menos uma. Está na hora, Senhor?

Espere.

A multidão se dispersou quando vários sacerdotes vieram em sua direção. O mais velho falou com um respeito frio. – Suas profecias agradam o povo. – Eram palavras ditas com firmeza, olhos em chamas com ciúme.

– Eu falo a Palavra do Senhor.

– Foi o que nos disseram. E é verdade que você fala com grande poder, Amós de Tecoa.

As pessoas conversavam.

– Ele profetiza contra sua própria nação...

Amós se afastou.

O sacerdote rapidamente o alcançou.

– Venha. – Era uma ordem.

Amós o ignorou.

O sacerdote falou com menos força.

– Vamos recompensá-lo por suas palavras.

Amos abriu caminho por meio da multidão e continuou andando.

– Para onde ele está indo?

A voz do sacerdote se elevou acima do barulho.

– Queremos ouvir mais do que você tem a nos dizer.

Irritado, Amós o encarou.

– Vocês ouvem, mas não compreendem.

As pessoas sussurravam.

– O que não compreendemos?

– Psiu. Deixem-no falar.

– Parem de empurrar!

– O que ele diz?

– Que venha o Dia do Senhor – gritou o sacerdote. – É o que esperamos. Estamos prontos para isso!

Outros gritaram, concordando.

Amós olhou para o muro repleto de pessoas.

– O Dia do Senhor não será como vocês imaginam.

O povo ficou em silêncio. Incapaz de dizer mais, Amós foi embora. Fugiu para o pomar onde ficara sentado a manhã toda.

Sentado em sua caverna, Amós pressionou as palmas das mãos contra os olhos. *Judá!* Sentiu a garganta apertada. *Judá!*

– Profeta? – Alguém estava do lado de fora, uma silhueta escura contra o sol poente. – Posso falar com você?

– Vá embora!

– Por favor. – Era uma voz jovem, rouca, questionadora. – Preciso saber. Esse julgamento sobre Judá é certo ou Deus terá misericórdia de nós?

Nós?

Tremendo, a visão turva pelas lágrimas, Amós se levantou. Quando o jovem curvou-se diante dele, ele gritou:

– Saia daqui! Por acaso sou Deus para que você se curve diante de mim?

O jovem ficou de pé e se encolheu como se esperasse um golpe.

– Você é o mensageiro do Senhor!

Desanimado, Amós soltou um longo suspiro, sentou-se e descansou o cajado sobre os joelhos.

– Um mensageiro relutante. – Ele franziu o cenho para o intruso. – O que deseja?

– Judá *será* destruído ou *poderá* ser destruído?

Amós lutou contra a emoção.

– Se o povo se arrepender, talvez o Senhor tenha misericórdia de nós. Restava-lhe pouca esperança de que isso acontecesse. Só um exército invasor parecia capaz de levar o coração dos homens de volta a Deus.

– Tenho família em Judá. Tios, tias, primos.

– Eu tenho irmãos. – Ele viu algo no rosto do jovem que o abrandou. – Por que está aqui? O que quer de mim?

– Você é o profeta do Senhor. Eu quero saber. O Senhor não ouvirá suas preces?

– O Senhor ouve, mas até agora disse não a tudo o que lhe pedi. É melhor você dizer a seus tios, tias e primos para se arrependerem. Diga-lhes que voltem para o Senhor. Convença-os. Implore a eles. Ore para que o ouçam!

O jovem olhou na direção de Betel.

– O povo de Betel aguarda cada palavra sua. Eles amam o que você tem a dizer.

Amós recostou-se, deprimido.

– Sim. Eles amam, não é mesmo? – Porque cada palavra que lhe saíra da boca até então havia proclamado a destruição de seus inimigos, ou concorrentes.

– Não há esperança para Judá?

– Eu lhe disse. Arrependam-se! E por que está aqui em Betel se você é um judeu?

– Sou um levita.

– Todos os levitas fiéis retornaram a Judá há muito tempo.

O jovem sustentou o olhar.

– Alguns se sentiram impelidos a voltar.

– Impelidos por Deus ou por interesse próprio?

Perturbado, o jovem baixou a cabeça e não respondeu.

– Tem medo de responder?

Os olhos do jovem estavam inundados de lágrimas.

– Na verdade, não sei. – Ele se levantou e foi embora, desanimado.

Amós entrou na caverna e afundou a cabeça nas mãos.

O Senhor disse a Amós para retornar a Betel e repetir as profecias sobre as nações vizinhas. Amós prontamente o obedeceu, chamando o povo quando entrou na cidade. Multidões se reuniram ansiosamente para ouvi-lo. O jovem levita estava entre eles. Ao contrário dos que o rodeavam e aplaudiam, ele ouvia atentamente, perturbado em vez de jubiloso. Não se aproximou de Amós novamente.

Presentes continuaram a se acumular do lado de fora da caverna de Amós. Ele agradeceu a Deus pelas provisões e doou tudo, menos a pouca comida de que precisava.

O profeta

Todos os dias, Amós pregava nos degraus do templo de Betel.

– Aqueles que oprimem os pobres insultam o Criador, mas os que ajudam os pobres o honram.

As pessoas ouviam, mas não aplicavam as palavras à sua vida. Até os sacerdotes pensavam que ele falava apenas das nações vizinhas e da região de Judá para o sul.

– Os tolos zombam da culpa, mas os piedosos a reconhecem e buscam a reconciliação com Deus! A piedade engrandece a nação, mas o pecado é uma vergonha para qualquer povo.

As pessoas aplaudiam sua pregação, balançando a cabeça e sorrindo umas para as outras. Havia alguma nação tão religiosa quanto Israel? Fervorosos, eles afluíam aos templos e santuários cantando e dançando. Derramavam oferendas. Inchados de orgulho e prosperidade, tornaram-se presunçosos e hipócritas. *Olhe para nós! Olhe para a evidência de nossa justiça!*

Eles tinham ouro em abundância e um exército pronto para defendê-los. O rei Jeroboão II vivia em esplendor na capital da Samaria, tendo conseguido empurrar as fronteiras ao que tinham sido durante o reinado do rei Salomão. Tal bênção tinha que ser um sinal da aprovação de Deus.

Amós pregava contra os pecados das nações, mas ninguém via qualquer semelhança com a maneira como se pensava e vivia. Eles continuaram a olhar para as nações vizinhas e não para seus próprios corações.

A armadilha estava armada... e logo seria lançada.

Certa tarde, Amós encontrou novamente o jovem levita esperando à porta de sua caverna junto com vários outros. Amós se aproximou.

– Posso falar com você? – ele perguntou, suavemente. – Em particular?

Amós mandou os outros embora. Apoiado no cajado, olhou para o jovem.

– Você não voltou para Jerusalém.

– Passei uma semana com meus parentes em Jerusalém. Contei a eles tudo o que você disse.

– Bom. – Amós entrou. – Eles acreditaram em você?

O jovem o seguiu.

– Não.

– Mas você contou.

– Sim.

Amós sentiu um abrandamento em relação àquele jovem. Sentou-se no catre e esperou que o visitante falasse.

– Por que você mora em um lugar tão ruim?

– Prefiro viver em uma caverna do que preso na cidade.

O jovem sentou-se, tenso.

– Voltei para explicar por que estamos aqui e não em Jerusalém.

– Confesse suas razões a Deus.

– Deus sabe, e quero que você entenda. Não havia terra ou trabalho suficiente para todos em Jerusalém quando meu avô voltou. Não quero ser desrespeitoso, mas as famílias que viveram e serviram naquele distrito não estavam dispostas a dar um passo atrás e abrir espaço para outros.

Amós pensou em Heled e Joram. As palavras do jovem pareciam verdadeiras. Como ovelhas, os levitas brigavam batendo os cornos, e aqueles há muito estabelecidos em Jerusalém podem ter visto o fluxo de levitas com olhos de inveja. Ele não podia imaginar Heled ou outros como ele voluntariamente abrindo mão de qualquer dos benefícios de sua posição, mesmo para um irmão necessitado.

– E devo confessar... – o jovem baixou a cabeça – que Betel sempre foi minha casa. – Ele encarou Amós nos olhos novamente. – Meus ancestrais nasceram aqui.

– Então você acredita que pertence a este lugar?

– Talvez Deus tenha me mantido aqui por alguma razão.

– Você segue os caminhos deles?

– Nem meu pai, nem eu, nem qualquer membro de nossa família se curvou ao bezerro de ouro, nem usou as prostitutas do templo.

– Mas você vive confortavelmente na hipocrisia.

O rosto do jovem ficou vermelho.

– Não vivemos como eles.

– Eles sabem disso?

– Meu pai e eu lamentamos o que você disse sobre Judá.

– O lamento não é suficiente para mudar a mente de Deus. – Ele inclinou-se para a frente. – Quando nossos antepassados se rebelaram contra o Senhor no deserto, Deus estava pronto para exterminá-los e estabelecer uma dinastia da família de Moisés. Moisés implorou por nossa salvação, e Deus mudou de ideia, contendo sua fúria.

– Então você deve orar por Judá!

Amós assentiu.

– Rezei e continuarei a fazê-lo, mas não sou Moisés.

– Quantas orações serão necessárias? Meu avô e meu pai oraram por anos. Eu rezo desde que era menino para Israel voltar para Deus e pela reunião das tribos. – Os olhos do jovem se encheram de lágrimas. – Por que Jerusalém será julgada quando Samaria, Betel e Berseba chafurdam no pecado? Você vive aqui. Você deve ver isso ainda mais claramente que eu. Mas na Judeia é diferente. O rei Uzias adora o Senhor nosso Deus e segue a Lei. E o reino de Judá será consumido pelo fogo?

Senhor, ele fala como eu. O que há em nós que se regozija com o julgamento dos outros, enquanto pleiteamos que nossos pecados sejam esquecidos?

– Você não ficará satisfeito até que todos estejam mortos. Um melhor julgamento deve recair sobre Israel do que sobre Judá. É isso?

– Não. Não foi minha intenção. Não quero que ninguém morra.

– Então você é um homem melhor do que eu. Quando o Senhor me deu essas visões, senti a mesma alegria que vejo nessas pessoas. *Destrua a Assíria! Sim, senhor.* Vejo o regozijo nos rostos, ouço o riso cruel. *Envie fogo sobre as fortalezas da Filístia e da Fenícia. Sim, sim! Consuma Edom com fogo. Esmague os amonitas. Acabe com os moabitas!* – Ele deu uma risada sem graça. – Mas Judá? Minha casa? Minha família? Estamos melhor do que o resto, não estamos? – Ele balançou sua cabeça. – Não temos a desculpa da ignorância. Sabemos quando viramos as costas para Deus. Escolhemos nosso caminho. Isso não é pior do que o que os outros fazem? Eles não sabem.

– Mas Jerusalém. O templo. Deus reside lá!

Amós balançou a cabeça.

– Nenhum templo é grande o suficiente para conter o Senhor nosso Deus.

– Talvez eu tenha visto mais de Jerusalém e do Monte do Templo do que você. O pecado pode não ser ainda tão desenfreado lá como está aqui, mas o templo do Senhor está lá. Se houver um lugar na terra que deva permanecer fiel à Lei, não deveria ser lá?

Amós suspirou, cansado, com o coração partido. Há um ano, não teria se importado com o que acontecia a essas pessoas. E então ele orou e Deus respondeu. Agora ele se importava tanto que seu coração se partia toda vez que ele pensava em Jerusalém, cada vez que entrava pelas portas de Betel, cada vez que olhava para o rosto das pessoas que não podiam comparecer perante o julgamento de um Deus justo, e muito menos ele. Deus estava responsabilizando as nações pelo que tinham feito contra o seu povo, mas o Senhor também responsabilizava seu povo pelo modo como viviam diante das nações. Deus os escolheu para serem o seu povo. Ele o tirou do Egito para ser um exemplo para todas as nações. E veja como eles viviam, perseguindo ídolos sem valor. Crianças ingratas e sem fé. Ovelhas perdidas.

– Hoje, em Betel, os homens ouvem a Palavra do Senhor contra Judá e ficam em silêncio. Dessa vez o julgamento chegou perto de casa novamente, mas eles ainda duvidam.

O jovem empalideceu.

– Duvidam do quê?

– Se isso se aplica a eles. O Senhor vê o que os homens fazem. Ouve o que eles dizem e como vivem. O Senhor sabe que somos como ovelhas, propensos a vaguear. Nós nos lançamos no pecado e não podemos escapar. Procuramos melhores pastagens entre as religiões das nações vizinhas e nos alimentamos de veneno. Bebemos de poços de outros homens e agora estamos infectados de parasitas. E, ainda, o Senhor envia profetas para chamar as pessoas de volta a ele. Mas elas ouvem?

– Estou ouvindo.

– Sim. – Os músculos de Amós relaxaram. Por que Deus o enviaria a Betel se não houvesse esperança?

– O rei Davi disse que Deus é fiel. Seu amor fiel perdura para sempre.

Amós nunca tinha dado muita atenção à palavra que o rei pastor havia usado. "Seu amor *perdura*."

Deus suportou a natureza rebelde de seu povo, sofreu com sua rejeição e testemunhou sua deserção. Deus se entristece com sua falta de amor. Ele enviou profeta após profeta para chamá-lo de volta *antes* que tivesse que usar sua vara de disciplina. Mesmo então, quando a disciplina viria, o Senhor estendeu sua mão poderosa para livrá-lo novamente.

Mas agora o ciclo se repete: fé por uma geração, depois complacência, logo seguida de adultério quando as pessoas perseguiam falsos deuses. O homem decidiu como e o que queria adorar e substituiu ídolos pelo Deus vivo. O pecado criou raízes e espalhou gavinhas de arrogância e orgulho por todas as áreas da vida. Os olhos ficaram cegos para a presença de Deus, e os ouvidos surdos à Sua Palavra. E as pragas voltaram, muitas vezes nem mesmo reconhecidas pelo que eram: um chamado para retornar ao Senhor.

"Seu amor fiel perdura para sempre."

Havia coisas muito piores do que a disciplina. *Um pai que não disciplina seu filho o odeia.* O mesmo era verdade para uma nação.

Se as tribos do norte se recusassem a ouvir novamente, Deus os deixaria seguir seu caminho. Eles continuariam a seguir Jeroboão, filho de Nebate.

QUATRO

— O que você está fazendo aqui? — Ahiam o encarou. — Cai fora das nossas bancas! Volte para Israel.

Amós ficou chocado com a recepção do irmão.

— Acabei de fazer minhas oferendas ao Senhor.

— Faça-as em Betel, seu traidor.

O calor subiu ao rosto de Amós.

— Não traí ninguém!

Quando o irmão tentou atacá-lo, Amós bloqueou o golpe com seu cajado, resultando no grito de dor de Ahiam ao cair no chão. Ele se levantou, pronto para atacar Amós novamente, mas Bani se colocou entre eles.

— As pessoas ouviram o que você anda dizendo em Betel, irmão. E não estão felizes.

— Não o chame de irmão! — Ahiam se enfureceu. — Ele só cria problemas para nós. Sempre foi assim!

— Que problemas eu criei? — Amós se aborreceu, mas foi irônico. — Os negócios estão em baixa?

– Você! Um profeta! – Ahiam riu ironicamente. – Você parece um mendigo em trapos de pastor.

– É melhor pobre do que desonesto.

Com um rugido, Ahiam se atirou sobre ele novamente. Amós enroscou o cajado em volta da perna de Ahiam e o fez cair de costas. Bani tentou interceder, mas Amós o empurrou.

– Eu disse a vocês dois antes de partir que o Senhor tinha me oferecido visões das nações. – Quando Ahiam tentou se levantar, Amós pressionou a ponta do cajado sobre ele. – Vocês nem me ouviram!

Ahiam afastou o cajado e se levantou, o rosto corado.

Amós deu um passo à frente.

– Deus me enviou a Betel, Ahiam, e as profecias não são minhas, mas do Senhor.

– Você fala contra Judá! – Ahiam cuspiu no chão. – Isto é o que penso de você.

Amós ficou frio e depois se enraiveceu.

– Não é em mim que você cospe, irmão.

– Basta! – Bani gritou.

Assustadas, as ovelhas saltaram e moveram-se inquietas nas baias. Amós se aproximou e falou baixinho com os animais. Ahiam ergueu as mãos em sinal de frustração.

Bani virou-se para Amós.

– Conte-nos o que aconteceu.

– Eu tentei lhes dizer. Quando Deus me chamou para profetizar, eu resisti. – Ele olhou de um para o outro. – Vocês não precisam me dizer que não sou digno disso. Sei melhor do que vocês que não sou um homem culto. O que sei de Deus, aprendi nos pastos e nas estrelas. Deus me perdoe, mas ainda resisto. Mas devo falar o que o Senhor me diz.

O profeta

– E devemos acreditar que ele fala de destruição sobre nós? – Ahiam falou, apontando para o norte. – Nós, que somos mais fiéis do que aquela nação que você agora chama de sua?

– Eu sou judeu.

– Então por quê?

– Porque Deus assim o quer. As tribos do norte ainda são nossos irmãos, embora andem como ovelhas perdidas com lobos como pastores. Já fomos um só rebanho! Doze filhos de Jacó, doze tribos que Deus transformou em uma nação. Todos nos esquecemos disso?

– Jeroboão afirmou que Deus lhe deu as dez tribos do norte, e veja o que esse usurpador fez com elas!

– E Deus me envia para lembrá-los de que ainda pertencem ao Senhor. Por que outra razão ele me enviaria para profetizar, senão para apontar seus pecados e chamá-los de volta para ele?

– Não é o pecado *deles* que você aponta. Você aponta a nossa destruição! Aposto que eles adoraram essa mensagem. Aposto que eles lhe pagaram bem.

Amós balançou a cabeça.

– Quem somos nós para sermos tão hipócritas? Todos pecamos contra o Senhor. A riqueza da nossa família cresceu com isso. E tudo vai virar pó se não nos arrependermos.

– Não pregue para mim. – Ahiam fez um gesto com a mão, dispensando as palavras de Amós. – Nós o conhecemos desde que você era um bebê.

– Um profeta nunca é ouvido em sua própria casa ou por sua própria família.

– Você está equivocado. Você ficou muito tempo sob o sol. Está começando a balir como suas ovelhas.

– Cuidado com o que diz, irmão.

Algo na voz de Amós silenciou os irmãos.

Bani abriu os braços.

– Perdoe-nos se entendemos mal. Conte-nos sobre as visões, Amós. Conte-nos tudo.

– Sim. – A boca de Ahiam se torceu sardonicamente. – Conte-nos tudo para que sejamos tão sábios quanto você.

Ignorando o sarcasmo do irmão mais velho, Amós disse a eles tudo, exceto a visão final da qual ainda tinha que falar em Betel.

Ahiam bufou.

– Palavras para alimentar o orgulho deles. Isso é o que você está lhes dando.

A tristeza dominou Amós.

– O orgulho precede a destruição, e soberba precede a queda. – Ele olhou para o templo, depois para os estábulos obtidos mediante fraude. Seu olhar se voltou para os sacerdotes, que cobravam multas de Bani e de Ahiam. Foi dominado pela tristeza e pelo medo por aqueles que amava e que não conseguira convencer. – Nada é feito em segredo. O Senhor vê o que você faz. Ouve as palavras de sua boca. Sabe o que você mais preza.

Ahiam franziu a testa, mas não disse nada. Amós sentiu um instante de esperança quando viu o medo cintilar nos olhos dos irmãos.

O temor do Senhor é o fundamento da sabedoria.

– Faça suas oferendas – disse Bani. – E entregue-as a Elkanan ou Benaías. Se Heled o vir, tentará barrar você do templo.

– Ele lhe causou problemas?

– Foi ele que nos falou de suas profecias contra Judá.

– Ele não está disposto a confessar seus pecados diante do Senhor e arrepender-se?

– Isso não é motivo de riso, Amós!

O profeta

– Você me vê rindo? – Ele agarrou o braço de Bani. – Leve a palavra do Senhor a sério, irmão, antes que o tempo acabe. Eu falei a verdade. Judá será julgado! O arrependimento pode trazer misericórdia por um tempo, mas você sabe tão bem quanto eu como os homens voltam rapidamente ao pecado para abrir seu caminho no mundo. – Ahiam havia se lançado à busca de lucros.

– E o que eu poderia fazer?

– Voltar a ser um pastor.

– Mishala não seria feliz como esposa de um pastor, Amós.

– E preferiria isso a ser uma viúva. Sem você, como ela vai viver? Como vai alimentar seus filhos? Muitas viúvas foram forçadas a recorrer à prostituição por necessidade de comida.

Amós fez suas oferendas e adorou diante do Senhor. Passou o dia inteiro dentro do templo, observando e ouvindo. Nem todos os sacerdotes eram como Heled, mas os poucos que eram haviam causado um grande dano aos muitos que vinham com o coração sinceros adorar o Senhor.

Devo manter mente e coração fixos em você, Senhor, e não naqueles que me levariam ao erro. Quanto tempo ele tinha alimentado que a amargura contra Heled governasse seus pensamentos?

Ele passou a noite em casa em Tecoa. Eliaquim lhe deu boas notícias sobre Ithai e Elkanan. Eles tinham obedecido fielmente às instruções de Amós e não haviam negociado cordeiros com Joram.

Amós caminhou com Eliaquim até a fronteira da terra ancestral da família.

– Se Deus permitisse, eu ficaria aqui.

Eliaquim virou-se para ele.

– Vai voltar em breve?

– Voltarei a Jerusalém todas as vezes que a Lei requer.

– Eu quis dizer voltar para casa para ficar. Aqui, em Tecoa.

– Sei o que você quis dizer, Eliaquim, mas não sei. Só posso esperar... – sua garganta se apertou – um dia, talvez, amigo. Cuidar de tudo como se estivesse aqui com você.

Eliaquim fez uma reverência.

– Que o Senhor o proteja.

– Os olhos do Senhor estão sobre todo o povo, Eliaquim. Todo o seu povo. – Judá e Israel podiam ser os escolhidos de Deus, mas o Senhor governava também as nações. Impérios ascendiam e caíam ao seu comando. Amós pôs a mão no ombro de Eliaquim. – Deus apoiará fortemente aquele cujo coração seja completamente dele. – Ele olhou para trás em direção a Jerusalém e pensou em Bani e Ahiam. – Dias terríveis estão por vir.

E partiu, ombros caídos com o peso da mensagem que levaria a Israel, a mesma mensagem a que apenas alguns em Judá tinham dado atenção.

A espera tinha acabado.

Amós soube disso assim que entrou pelos portões de Betel. O Espírito do Senhor desceu sobre ele, que passou a ver tudo diferente. O belo véu tecido da riqueza tinha sido levantado para revelar a corrupção e a impureza escondidas sob ele. Para onde quer que olhasse, via pecado.

A raiva se misturou à tristeza. Ele viu seu próprio pecado também: orgulho, indiferença. Havia negado seu amor. Agora, andava entre o povo de Israel como fazia com suas ovelhas, vendo cordeiros vulneráveis e predadores perigosos.

Os ricos se alimentavam dos pobres, roubando-lhes as vestes e sandálias como garantia de empréstimos que nunca poderiam ser pagos, enquanto suas esposas descansavam em travesseiros egípcios em casas de veraneio de dois andares, decoradas com móveis incrustados de marfim. Homens contratados para construir na cidade foram expulsos, e seus salários retidos pelos ricos para comprar bebida e iguarias.

Os poucos homens que se dedicavam ao Senhor, como os nazirenos, eram perseguidos. Cumprida a ordem de sempre mostrar fidelidade ao rei Jeroboão, bebiam vinho diante dos anciãos, que conscientemente os obrigavam a quebrar seus votos a Deus.

Todos acorriam para fazer o mal naquela montanha com seus bezerros de ouro. A fumaça do incenso subia dos telhados. Médiuns que afirmavam poder interpretar sonhos sentavam-se diante do templo, apoderando-se de parte das oferendas que haviam sido trazidas para o santuário real. Os fabricantes de ídolos prosperavam. Eram pessoas apaixonadas por adivinhação, que se entregavam à vida lasciva e à adoração de ídolos.

E, no entanto, Deus amou esse povo perdido de Israel como Amós amava e cuidava de suas ovelhas. A verdade o envergonhava e ao mesmo tempo aquecia seu coração. E assim como Amós às vezes achava necessário ferir uma ovelha desgarrada para salvá-la, Deus precisava disciplinar seu povo desgarrado. Se ao menos eles o ouvissem antes que fosse tarde demais...

Com nova determinação, Amós caminhou pela rua em direção ao templo de Betel. E chamou:

– Venham! Ouçam a mensagem do Senhor!

– O profeta!

– O profeta voltou!

– Fale conosco, profeta!

– Traga o Dia do Senhor!

– Estivemos esperando que isso acontecesse!

– As nações se curvarão diante de nós!

A excitação cresceu quando Amós subiu os degraus do templo, parou no meio do caminho e encarou as pessoas que estavam ansiosas para ouvir suas palavras, certas de que ele proclamaria contínua prosperidade e bênçãos. Eles se cutucaram, alegres, orgulhosos, cheios de autoconfiança. A praça se encheu de pessoas, todas querendo ouvir que a ira de Deus seria derramada sobre os outros. Era o pecado que Deus odiava, e ali, diante dele, havia mil pecadores que acreditavam que estavam sobre alicerces firmes. Não sabiam de nada.

ALIMENTE MINHAS OVELHAS...

Amós ergueu o cajado.

– Eis o que diz o Senhor: "O povo de Israel pecou repetidas vezes, e não vou deixá-lo impune!".

– O que ele está dizendo sobre Israel?

As pessoas murmuravam. Algumas recuaram ligeiramente e começaram a conversar entre si.

Amós apontou para os sacerdotes reunidos na entrada do templo.

– Eles vendem pessoas honradas por prata e pobres por um par de sandálias. Esmagam pessoas indefesas no pó e empurram os oprimidos para fora do caminho.

Um rumor começou enquanto as pessoas falavam, confusas, desapontadas, irritadas.

Amós apontou para as ruas laterais e para o bordel do templo.

– "Pai e filho dormem com a mesma mulher, corrompendo meu santo nome. Em suas festas religiosas, usam roupas que seus devedores lhes deram em garantia. Na casa do seu deus, bebem vinho comprado com multas injustas".

Rostos coraram. Olhos se apertaram. Bocas se crisparam.

Amós abriu os braços e gritou:

– "Mas, como meu povo viu, destruí os amonitas, embora fossem altos como cedros e fortes como carvalhos. Destruí os frutos em seus galhos e arranquei suas raízes. Fui eu que os tirei do Egito e os guiei pelo deserto por quarenta anos, para que vocês pudessem possuir a terra dos amonitas. Escolhi alguns de seus filhos para serem profetas e outros para serem nazirenos".

Amós enfrentou olhos sombrios e impiedosos.

– "Pode negar isso, meu povo de Israel?", pergunta o Senhor.

Ele apontou para um, depois outro e outro. Eles o encararam de volta com expressão dura. Ele levantou o cajado novamente.

– "Então vou fazê-los gemer como uma carroça carregada de grãos." – Amós continuou apontando enquanto descia os degraus. – "Seus corredores mais rápidos não escaparão. O mais forte entre vocês vai ficar fraco. Mesmo guerreiros poderosos serão incapazes de salvar-se. Os arqueiros não resistirão. Os melhores corredores não serão rápidos o suficiente para escapar. Nem os cavaleiros serão capazes de se salvar. Nesse dia, os mais corajosos de seus guerreiros largarão suas armas e correrão para salvar a vida!", diz o Senhor.

As pessoas gritavam de todos os lados, algumas com medo, outras em fúria.

– Mentiras! Ele mente.

– Deve haver algum engano!

– Ele está possuído pelo demônio!

– Nós somos o povo escolhido! Veja como Deus nos abençoou!

– Ele é louco!

Eles haviam aplaudido e celebrado o julgamento de outras nações por brutalidade, comércio de escravos, tratados rompidos e profanação dos mortos, mas gritaram de raiva quando confrontados com seus pecados.

Quantos meses ele estivera sentado naqueles degraus, vendo o que eles consideravam sagrado? Uma mistura profana de perversão e ganância! Eles haviam cedido a seus desejos carnais e explorado os pobres sem um pingo de consciência. Tinham zombado dos justos e continuado a seguir a Lei enquanto reverenciavam um bando de sacerdotes ladrões, que lhes extorquia dinheiro e, em troca, lhes devolvia falsas esperanças e promessas de segurança de um ídolo oco que nem mesmo podia proteger-se.

– Ouçam a mensagem do Senhor...

– Você profetizou contra as nações. Como pode agora profetizar contra nós?

– Nós lhe demos presentes e o tratamos com gentileza!

– Acreditamos em você!

– Ouçam a mensagem do Senhor... – Amós gritou novamente.

– Esse é o agradecimento que recebemos por cuidar de um estrangeiro!

– Mas o Senhor o enviou!

– Ele diz que o Senhor o enviou. Não tenho tanta certeza disso.

Amós ergueu as mãos.

– Ouçam a mensagem que o Senhor proferiu contra vocês, ó povo de Israel e Judá: "Entre todas as famílias da terra, só tenho sido íntimo de vocês. É por isso que devo puni-los por todos os seus pecados".

– Não! – gritaram os homens.

– Nós, não! – lamentaram as mulheres.

As crianças choravam, confusas.

Os guardas do templo cercaram Amós.

– Venha conosco!

Quando ele tentou passar por eles, o cajado lhe foi arrancado e ele foi levado à força.

– Por aqui, profeta. – Eles o puxaram escada acima para dentro do templo.

– Soltem-me!

– Você acha que pode começar um tumulto nos degraus do templo sem responder por isso? – O capitão ordenou que o levassem para Amazias, o sumo sacerdote. Os guardas o socaram até que ele cedeu, e então o arrastaram por um corredor escuro para uma câmara. – Mantenham-no aqui. – O capitão entrou em uma sala e falou em voz baixa com vários sacerdotes.

Amós limpou o sangue da boca.

Depois do que lhe pareceram horas, um sacerdote vestido com roupas simples apareceu.

– Sou Paarai ben Zelek, filho e servo do sumo sacerdote Amazias. Você vai entrar agora. Não fale a menos que seja solicitado, profeta. Entendeu?

O coração de Amós se enfureceu. Mas o Senhor segurou sua língua.

Vários sacerdotes estavam conversando com o sumo sacerdote, que olhava por uma janela que dava para a praça. Ele tomou um longo gole de um cálice, entregou-o a um servo, disse algo baixinho aos outros e se virou. Manteve a cabeça erguida enquanto estudava Amós friamente.

– Sou Amazias, sumo sacerdote do templo de Betel.

– Sou Amós, servo do Senhor nosso Deus.

Amazias fez um gesto para que Amós se aproximasse. Amós ficou parado, seu olhar inabalável.

Os olhos do sacerdote ensombreceram-se.

– Achamos melhor trazê-lo aqui. Para sua própria proteção, é claro.

– Se deseja proteger as pessoas, deve deixá-las ouvir a mensagem do Senhor!

Um músculo ficou tenso no rosto de Amazias, mas ele falou calmamente, até mesmo com simpatia.

– Você emocionou nossos corações com suas profecias nos últimos dezoito meses. – Seus olhos se estreitaram. – Por que mudou sua mensagem agora?

– A mensagem não mudou. O julgamento das nações está próximo, inclusive de Judá e Israel. A menos que sejamos humildes em nossos corações e voltemos para o Senhor, não temos esperança.

O sumo sacerdote estendeu as mãos, o rico tecido de suas vestes fluindo como asas escuras ao seu redor.

– Esta é a Cidade Santa. – Ele levantou as mãos. – E este é o templo sagrado. Você viveu aqui tempo suficiente para saber que nosso povo é devotado a Deus, mais devotado a Deus do que qualquer um em Judá.

– Esse bezerro de ouro que vocês adoram tem ouvidos capazes de ouvir suas orações? – Amós estava furioso. – Ele sente alguma coisa? Pode andar com suas pernas douradas? Ou proferir uma palavra de sua garganta dourada?

– Silencie-o! – ordenou Paarai.

Um guarda o atingiu com força no rosto.

Amazias sorriu levemente, seus olhos parecendo obsidiana.

– Você não deve blasfemar contra o Senhor.

– É você que blasfema contra o Senhor.

Os guardas o espancaram até deixá-lo no chão semiconsciente. Um deles o chutou forte no lado do corpo.

– Basta – disse Amazias, acenando para eles. – Levem-no para cima.

Um guarda agarrou Amós e o colocou de pé. Trincando os dentes, ele evitou gemer alto.

Amazias pegou um jarro de ouro.

– Um cálice de vinho, talvez? É o melhor em todo Israel. – Quando Amós não respondeu, ele ergueu as sobrancelhas. – Não? Uma pena. – Baixou o jarro. Cruzando os braços, colocou as mãos dentro das mangas pesadas da túnica elaboradamente bordada. – Por que veio a Betel?

– O Senhor me enviou para proclamar Sua Palavra ao povo.

– E eles o ouviram em um número cada vez maior desde que você entrou em nossos portões dezoito meses atrás. Ouviram suas profecias e por causa delas trouxeram oferendas.

O calor inundou Amós quando pensou que aquelas oferendas tinham sido dadas ao bezerro oco.

– As pessoas o amaram. – Amazias abriu um sorriso de escárnio. – Até agora. Hoje você falou com imprudência, Amós.

– Falei a verdade.

– A verdade como você a vê, talvez.

– Falo as palavras que Deus me dá.

– Deixe-me a sós com ele.

– Meu senhor? – Os outros protestaram.

Amazias sorriu e acenou para que eles se afastassem.

– Paarai ficará comigo.

Amós se perguntou que subterfúgio o sumo sacerdote pretendia tentar. *Senhor, dê-me sabedoria.* Os sacerdotes auxiliares entraram em uma sala ao lado, e os guardas permaneceram do lado de fora da porta.

– Você não é o único homem a ter visões, meu jovem amigo. Tive muitas visões ao longo dos meus anos de sacerdócio e tive fartura por causa delas. E lhe digo que a bênção de Deus está sobre Israel. Isso é evidente para quem tem olhos para ver. Olhe à sua volta! Temos riqueza. Vivemos em uma época de grande prosperidade. Servimos ao rei Jeroboão, que é tão grande quanto seu avô, que foi maior que Roboão, filho de Salomão.

Amazias balançou a cabeça e continuou:

– E ainda assim você diria ao nosso povo que a destruição é iminente? Estamos tão fortes agora que nenhum inimigo ousa vir contra nós. – Ele estalou a língua. – Você deveria voltar para suas ovelhas. As pessoas não vão ouvi-lo agora. Você ultrapassou o limite de boas-vindas. – Ele balançou a cabeça em sinal de condescendência. – Não temos nada a temer de você.

– De mim, não. Mas deviam temer o Senhor.

– Temer aquele que amamos? Mesmo depois de todos esses meses sentado no Monte do Templo e vagando por nossas ruas, você aprendeu muito pouco sobre nosso povo. Está cego e surdo. Sentiu falta das multidões que se aglomeravam no templo para trazer oferendas ao nosso deus? Esteve surdo a suas canções de louvor? Não conseguiu ver a riqueza do templo? Nosso povo é muito mais devoto na adoração e mais feliz na vida do que o povo de Judá.

– Vejo aqueles que despojam os pobres e suas mulheres ricas que comem como vacas. Elas engordam para o abate!

– Pai, não permita que ele fale...

– Cale-se! – Os lábios de Amazias estavam lívidos. Ele então falou com o filho, enquanto olhava para Amós: – Alguns tolos teimosos ainda voltam a Jerusalém para adorar, mas não voltarão aos antigos costumes. Nem precisam. Têm tudo que querem aqui.

Amós lhe devolveu o olhar.

– Não por muito tempo. *Deixe que esses perversos "sacerdotes" sejam desonrados, Senhor. Silencie seus lábios mentirosos. Não permita que eles tenham uma longa vida de lazer.*

– Se tem vocação para tornar-se sacerdote, por que não nos traz o que é necessário e se torna um? – Amazias disse friamente. – Teríamos prazer em recebê-lo em nossa sociedade. – E olhou para Paarai. – Não teríamos?

Paarai hesitou e então concordou.

Amós apertou os olhos.

– Só um levita pode ser sacerdote do Senhor.

– Mas aparentemente qualquer um pode ser profeta. – Amazias sorriu maliciosamente ao ver as roupas velhas e as sandálias de Amós. – Aqui em Betel você pode ser sacerdote e profeta. Esse é o costume.

Paarai sorriu.

Amós olhou de um para outro.

– Antigamente, éramos uma nação protegida por Deus.

– Você vive no passado, Amós. É imprudente.

– Você está ameaçando me matar?

– Se quisesse vê-lo morto, eu o teria deixado completamente entregue à turba. – Amazias estalou a língua. – Hoje você os decepcionou.

– Eu lhes disse a verdade.

Os olhos do sumo sacerdote brilharam.

– Onde estão suas provas? Onde estão o relâmpago e o trovão? Nenhuma de suas outras profecias provaram-se verdadeiras. Se uma delas tivesse ocorrido, seu nome seria grande em Israel, e seu lugar entre os profetas estaria assegurado. Mas tudo foi como tem sido. Nada mudou. Nós ficamos mais fortes, enquanto você canta como galo.

Paarai riu e ironizou:

– Cuidado para não causar muita perturbação. Senão, vai acabar em um ensopado.

Amós os enxergava claramente. Homens maus que não tinham medo de Deus para contê-los. Em sua presunção cega, não percebiam quão desprezíveis realmente eram. Tudo o que tinham dito até agora era tortuoso e enganoso. – Tudo vai acontecer como o Senhor disse, e acontecerá no tempo de Deus, não no seu.

– Aguardamos o Dia do Senhor com a mesma ansiedade que você. – A voz de Amazias assumia tons elevados. – Nesse dia, todos os nossos inimigos estarão nos nossos calcanhares!

– Assim fala o Senhor. – Os olhos de Paarai brilharam.

O Espírito do Senhor se apoderou de Amós e falou por meio dele. – "Que tristeza espera por você que diz: 'Se pelo menos o Dia do Senhor tivesse chegado!' Você não tem ideia do que está desejando. Esse dia trará escuridão, não luz."

Os olhos de Amazias cobriram-se de sombra.

– Você não ouve bem, não é? Alguns homens só aprendem da maneira mais difícil. – Ele levantou a voz. – Guardas, levem-no! Deem-lhe vinte chicotadas e mandem-no embora. – E apontou para Amós. – Suas falsas profecias não lhe renderão nada. O povo nunca vai ouvi-lo!

– Arrependam-se! Pois o julgamento está próximo.

Paarai sorriu com arrogância quando os guardas entraram e prenderam Amós.

– Levem-no daqui.

Era noite quando Amós foi expulso do templo. Ele caiu da escada, batendo as canelas, o ombro, a cabeça. Ao chegar no fim da escada, ouviu uma voz vinda de cima.

– Não se esqueça disto!

O cajado despencou pelos degraus. Ele o alcançou, usando-o para se levantar lentamente. Com dor no ombro e na cabeça, Amós conseguiu cambalear até a praça.

– Ali está ele! – Alguém gritou.

Com medo de outra surra, Amós correu por uma rua estreita. Uma onda de tontura o fez cair e bater contra uma parede. Ele agarrou o cajado, sua única defesa. Mas alguém o segurou.

– Deixe-me ajudá-lo, Amós. – A voz lhe era familiar. Amós olhou para cima. Embora sua visão estivesse embaçada, ele reconheceu o jovem levita que lhe fizera perguntas sobre Judá.

– Você...

– Este é o homem de quem lhe falei, pai. – Ele deslizou o braço ao redor de Amós. – Quando os guardas o levaram para dentro do templo, fui buscar meu pai. Estávamos esperando você...

O PROFETA

Amós gemeu de dor.

O homem mais velho assumiu o comando.

– Vamos levá-lo para casa conosco e cuidar de seus ferimentos.

Um de cada lado, os dois homens o levantaram e o apoiaram.

– Nossa casa não fica longe daqui, Amós.

Eles meio que o carregaram por uma rua, dobraram a esquina e entraram por uma porta. Amós levantou a cabeça o suficiente para ver a sala mal iluminada. Uma mulher perguntou quem eles tinham trazido.

– O homem de quem lhe falei, mãe. O profeta do Senhor nosso Deus.

– Oh! O que fizeram com ele?

– Vamos lhe explicar mais tarde, Jerusha. – O pai mandou a mulher buscar água, enquanto ajudavam Amós a chegar a um catre.

Amós lutou contra as ondas de náusea.

– Descanse, pois você está seguro aqui. – O homem mais velho apertou o ombro de Amós. – Você teve sorte de sua cabeça não ter se quebrado como um melão naqueles degraus.

– Tenho uma cabeça dura.

O homem sorriu sombriamente.

– Um profeta do Senhor precisa de uma. Sou Beeri. Jerusha é minha esposa.

Ela se ajoelhou e começou a lavar delicadamente os ferimentos e o rosto ensanguentado.

– Nosso filho, Oseias, nos falou muito sobre você.

Amós pegou o pano úmido da mão de Jerusha.

– Eu mesmo cuido de minhas feridas.

Ela corou.

– Não quis ofender...

– Não ofendeu. Preciso ir. Não quero trazer problemas para vocês. – Quando tentou se levantar, ele arquejou de dor.

Os três protestaram.

— Não há para onde ir, Amós. Os portões estão fechados à noite. Você não conseguirá dormir no frio. Fique conosco. Por favor!

Amós afundou para trás com uma careta.

Oseias agachou-se diante dele.

— Os olhos dele estão fechados de inchaço, pai.

— Temos um bálsamo que ajudará a curar suas feridas.

Jerusha atravessou a sala e pegou algo em um armário.

A escuridão se fechou, e Amós sentiu que mãos gentis o deitavam.

Quando voltou a abrir os olhos, o luar fluía por uma janela alta. Ele viu Oseias dormindo em uma cama próxima. Uma pequena lâmpada de barro lançava um brilho suave, que lhe permitia ver uma mesa, dois banquinhos, algumas urnas de armazenamento, tigelas, um jarro de água, um armário embutido na parede. Todos os ossos e músculos lhe doeram quando ele tentou se sentar.

Oseias também se sentou.

— Você está acordado!

— Quase.

— Como está se sentindo?

— Como se alguém me tivesse chicoteado e me jogado em uma escada de pedra.

— Há três dias você dorme como morto.

Tanto tempo! Ele não se lembrava de nada.

— Que o Senhor os abençoe por sua bondade. — Amós agradeceu. Se tivesse saído da cidade, poderia estar deitado em um campo em algum lugar, inconsciente e presa de animais carniceiros.

— Como está sua cabeça?

Amós sentiu as bandagens. Estava com uma leve dor de cabeça, mas a tontura tinha passado.

– Vou viver. – Seu estômago roncou ruidosamente.

– Será em breve. – Oseias sorriu. – Minha mãe fará pão.

Amós também sorriu.

– É bom tê-lo como hóspede, Amós. – Ele fez uma careta. – Apesar das circunstâncias, é claro.

Amós esfregou a cabeça. Uma protuberância ainda se projetava, mas não era tão macia quanto no dia em que a adquirira. Ele ainda tinha dificuldade para enxergar e, depois de uma ligeira exploração, percebeu que as pálpebras estavam inchadas, quase fechadas.

– Não posso servir-lhe pão, mas há um pouco de vinho.

– Um pouco de vinho e eu provavelmente dormiria por mais dois dias. Água, por favor. – Amós encontrou o cajado ao lado do catre e fez um esforço para se levantar.

Oseias o ajudou.

– Por favor, não vá. Todos gritaram tão alto na praça que não pude ouvir o que você tinha a dizer. Quero saber o que você profetizou sobre Israel.

– É a Palavra do Senhor, e não a minha, que culpa Israel por todos os seus muitos pecados.

– Você disse que Deus punirá Damasco, Gaza, Tiro, Edom, Amom, Moabe e Judá. E agora Deus julgará Israel também. O mundo inteiro está condenado. Nenhuma nação permanecerá de pé após o julgamento divino.

Cansado, Amós se afundou no banco e apoiou os braços na mesa.

– Judá será o último a cair.

– Há esperança se Judá se arrepender?

– Sempre há esperança quando uma nação se arrepende. – Mas elas raramente o faziam. Foi preciso haver fome, seca ou inundação para colocar uma nação de joelhos diante de Deus. Foi preciso haver guerra!

Oseias entregou uma taça de água a Amós.

– Mas Judá ainda cairá no final?

Amós bebeu tudo e estendeu a taça para receber mais.

– Os homens caíram há muito tempo e ainda recusam a ajuda de Deus para se levantarem. – Ele esvaziou a taça novamente.

– O que então restará, Amós?

– A promessa de Deus, meu jovem amigo. Você me lembrou de que o amor fiel de Deus dura para sempre. Assim acontece. Sua misericórdia é derramada sobre aqueles que o amam. Os olhos do Senhor esquadrinham toda a terra para fortalecer aqueles cujos corações estão totalmente comprometidos com ele. A destruição virá. Isso é tão certo quanto o sol nasce pela manhã, mas alguns sobreviverão. Homens como você, que amam o Senhor e querem segui-lo. O resto será como palha ao vento, um dia aqui e outro lá.

– Eu deveria sentir mais esperança. Sinto que devo fazer algo para ajudá-lo.

– *Ouça*. E encoraje outros a fazerem o mesmo. E depois faça o que o Senhor ordena.

O sol nasceu, e com ele Beeri e Jerusha. Ela preparou a refeição da manhã. Eles oraram e partiram o pão.

– Por que não fica aqui em Betel, Amós? – Oseias olhou para o pai. – Não seria muito melhor para ele morar aqui conosco?

Beeri concordou.

Amós lutou contra a tentação.

– Mais conveniente, talvez, mas perigoso para vocês. Tenho onde morar.

– Pelo menos fique mais alguns dias. – Jerusha ofereceu-lhe mais pão. – Até se recuperar da queda.

Amós agradeceu.

Depois de mais um dia, Amós ansiava ficar. Gostou das conversas com Beeri e Oseias até tarde da noite, sempre centradas no Senhor e em seus mandamentos.

Beeri trabalhava como escriba e Oseias estudava os pergaminhos que o pai mantinha no gabinete. Jerusha usava o pouco dinheiro que tinham com sabedoria. Beeri lia as Escrituras trancado no gabinete todas as noites. Muitas ele sabia de cor, e Oseias também.

– Uma vez elas foram roubadas – Beeri lhe disse –, mas eu tinha uma cópia escondida.

Beeri só questionou Amós uma vez.

– Como é que um profeta de Deus não conhece as Escrituras?

– Passei minha vida no pasto com as ovelhas. Com exceção de alguns anos, quando era menino, tive poucas oportunidades de sentar-me diante de um rabino e aprender a Lei. O que sei que me foi dado por Deus.

Beeri foi rápido em se desculpar.

– Não quis questionar seu chamado, Amós.

– Não me ofendo, mas, se tivesse tido a oportunidade, duvido que pudesse ter feito o que você fez. Alguns homens têm mentes capazes de absorver o conhecimento, como você e Oseias. Tudo o que conheço é a terra, o céu noturno e meu rebanho.

Beeri assentiu.

– Isso já é muito, meu amigo.

– O Senhor é nosso pastor – disse Oseias. – Certamente o Senhor o enviou aqui para nos mostrar o caminho de casa.

– Muitas vezes tive de lidar com ovelhas rebeldes. – Amós balançou a cabeça. – Mas nunca com um rebanho inteiro como Israel, tão determinado a criar problemas.

Depois de seis dias, Amós sabia que devia partir. Ali, junto àquela família tranquila e devota, dormia confortavelmente, comia bem e desfrutava de um caloroso companheirismo. Mas, naquela pequena habitação escondida no labirinto de Betel, entre aquelas pessoas hospitaleiras, não podia ouvir a voz do Senhor como quando estava sob as estrelas em um campo aberto.

— Preciso ir.

— De volta a Jerusalém? — Oseias se inclinou para a frente, ansioso. — Diga e irei com você!

— Não. Devo sair para as colinas e voltar ao meu lugar de descanso.

— Mas é apenas uma caverna.

— Dormi em muitas cavernas, Oseias. É como um aprisco e me lembra da vida mais simples que eu tinha antes de o Senhor me chamar para vir a Betel.

Jerusha parecia abatida, e Beeri, confuso.

— Certamente aqui é mais confortável do que uma caverna.

— É verdade. — Mas, distraído pelo prazer da companhia, ele não conseguiu clarear a mente para ouvir a Voz calma que dirigia seus passos e suas palavras.

Nem Oseias nem o pai tentaram convencê-lo do contrário. Jerusha encheu seu alforje com grãos torrados, passas, amêndoas e pão de cevada.

Pouco antes do anoitecer, Oseias caminhou com ele até o portão da cidade. Quando tentou seguir o amigo para fora, Amós se virou e pediu:

— Volte, Oseias. Convença seu pai a se mudar para Judá. Vá até Tecoa e fale com meu servo, Eliaquim. Diga-lhe que eu o enviei. Ele o ajudará a encontrar um sacerdote em Jerusalém para ajudá-lo a se estabelecer. Sei que vai ser difícil começar por lá, mas você não tem futuro aqui.

Oseias assentiu.

— Vou contar ao pai tudo o que você me disse.

— Que o Senhor o abençoe e o proteja. Que o Senhor lhe sorria e seja bom com você... — E não pôde finalizar.

Oseias apertou-lhe a mão.

– Que o Senhor o ajude e lhe dê paz.

Amós se afastou, ombros caídos e doloridos. *Poupe-os, Senhor. Livre--os da destruição que está por vir. Especialmente o jovem Oseias, que tem tanta fome e sede de Deus.*

A primeira noite foi a mais difícil, pois, depois de dias com amigos gentis, a solidão se instalou e com ela um desejo de voltar para casa em Tecoa e para suas ovelhas. O Senhor falou com ele em sonho. Quando acordou com o amanhecer, Amós se levantou com força renovada.

VOLTE PARA BETEL E FALE NOVAMENTE COM MEU POVO.

Ele sabia o que devia fazer. Se isso significasse outra chicotada, outra surra ou mesmo a morte, Amós faria o que o Senhor o convocara a fazer.

Ainda machucado e dolorido, ele mancou morro abaixo e parou nos portões, esperando que se abrissem. Quando isso aconteceu, ele foi em frente, cajado na mão.

O guarda não parecia nada satisfeito de vê-lo.

– Você!

Sem uma palavra, Amós passou por ele e subiu a rua. Parou na praça do templo.

– Os ídolos que vocês fizeram irão desonrá-los. São fraudes. Nada podem fazer por vocês. O Senhor seu Deus é o criador de tudo o que existe, e vocês são sua posse especial. Voltem para ele. Afastem-se da vida sem Deus e dos prazeres pecaminosos. Devemos viver neste mundo com autocontrole, conduta correta e devoção a Deus!

Os poucos que pararam para ouvir rapidamente mudavam de ideia e seguiam em frente. Os guardas que estavam na porta do templo riram.

Depois de uma semana, os guardas do templo o prenderam.

Issacar veio à noite e falou com ele atrás de um pilar.

– Você deveria dizer as coisas que dizia antes, Amós. Então não estaria preso. Não seria uma piada para todos os que passam por você.

Amós ergueu a cabeça. Issacar viera apenas para provocá-lo?

– Eu falo a Palavra do Senhor. – Exausto, com todos os músculos doloridos, com fome e com sede, ele lutou contra a depressão. – Você faria bem em lhe prestar atenção.

Depois de um olhar nervoso ao redor, Issacar se aproximou e parou diante dele.

– Você só precisa olhar ao redor de Betel para ver como Deus nos abençoou! – Ele falou baixo, meio suplicante, meio frustrado.

Amós sentiu a tensão de Issacar. Viu que ele olhava ao redor e voltava para as sombras mais profundas.

– Tema a Deus, não aos homens.

Issacar se inclinou para mais perto, zangado.

– Estou aqui para o seu bem. Pare de falar contra Israel. Você nos insulta!

– Deus lhes dá a oportunidade de se arrependerem.

– Tolo! Idiota. Você vai ser morto se continuar assim – concluiu. E desapareceu na noite sem lhe oferecer um pedaço de pão seco ou um gole de água.

– Esta é sua hora, Issacar. A hora da escuridão.

Amós chorou baixinho.

Embora tivesse se tornado uma piada em Betel, ele não parou de falar a Palavra do Senhor depois que foi libertado da prisão.

Todas as manhãs, vinha à cidade. Todos os dias, falava.

Ninguém o ouvia. Ninguém mais lhe deixava presentes na entrada da caverna. Seu único arrependimento era não ter qualquer coisa para oferecer aos pobres que via cada vez que entrava na cidade, homens cujas vestes e sandálias lhes haviam sido tiradas como garantia de dívidas que nunca poderiam pagar. Amós se contorceu interiormente diante da impiedade dos ricos. Só podia encorajar os pobres cujas roupas não lhes haviam sido devolvidas quando o frio da noite se instalou.

– O Senhor ouve suas orações.

Amós viu a viúva no mercado novamente. Ela também o viu e virou-lhe as costas, ordenando que os filhos famintos fizessem o mesmo.

Ninguém mais o ouvia. Aqueles que tanto haviam apreciado suas primeiras profecias agora faziam ouvidos moucos a qualquer coisa dita contra Israel.

Senhor, quando eles me veem na rua, tomam outro caminho. Sou ignorado como se estivesse morto!

Durante seis meses, ele esperava nos portões de manhã e partia pouco antes de eles se fecharem à noite. Dia após dia, Amós pregava a Palavra do Senhor e dia após dia sofria zombaria e desdém. Os sacerdotes neófitos se regozijavam, enquanto Amazias observava maldosamente de uma janela alta do templo.

Mesmo enquanto ele gritava a verdade, as pessoas subiam os degraus e entravam no templo de Betel, selando todos os dias seu destino com a indiferença para com o Senhor. Vida e morte estavam diante deles. E eles continuaram a abraçar a morte com tolo abandono.

– Ouçam a mensagem do Senhor!
– Ele está de volta – as pessoas murmuravam.
– Quem é ele? – os visitantes da cidade perguntavam.
– Apenas um autoproclamado profeta. Ele nunca diz nada de bom.
– Só fala sem parar de nossos pecados.

– Não lhe preste atenção. Ele é louco.

Alguém esbarrou em Amós e gritou:

– Volte para suas ovelhas!

Outro chocou-se com ele, com mais força dessa vez, quase jogando-o no chão.

– Não somos um bando de ovelhas que você pode juntar.

Outro o empurrou. Ninguém fez um esforço para pará-los.

Amós ergueu seu cajado.

– Ouça, ó Israel! Você pecou contra o Senhor seu Deus!

Os jovens se afastavam, rindo e xingando-o.

– Por que não cala a boca? – alguém gritou. – Gastamos mais tempo adorando o Senhor do que você! Tudo o que você faz é falar.

Outros aceitaram o grito.

– Ele não para de falar.

Outros riram.

– E nada acontece.

Amós olhou para seus algozes.

– Duas pessoas podem andar juntas sem ser na mesma direção? Será que um leão já rugiu em um matagal sem primeiro encontrar uma vítima? Um jovem leão rosna em sua toca sem antes pegar a presa? Um pássaro já foi pego em uma armadilha que não tem isca? A mola de uma armadilha se fecha quando não há mais nada para pegar? Quando o chifre do carneiro soa um aviso, as pessoas não deviam ficar alarmadas?

– Suponho que você seja a trombeta.

Homens e mulheres riram.

– Ouçam-no trombetear a ruína!

Amós continuou:

– O desastre chega a uma cidade sem que o Senhor o planeje?

O profeta

– Que desastre, profeta? Onde?

– Apenas ignore-o. Ele não sabe o que diz.

As pessoas foram embora.

Amós ergueu a voz:

– De fato, o Senhor Soberano nunca faz nada até que revele seus planos a seus servos, os profetas. O leão rugiu...

– Parece mais um gatinho miando!

Mais risadas.

– Então, quem não tem medo? Se o Senhor Soberano falou, quem pode se recusar a proclamar sua mensagem?

– Volte para sua caverna nas colinas!

– Não é à toa que ele fala de leões e pássaros. Ele vive como um animal.

Amós andava de um lado para o outro nos degraus do templo.

– Anunciem isto aos líderes da Filístia e aos grandes do Egito: "Tomem seus assentos nas colinas ao redor de Samaria e testemunhem o caos e a opressão em Israel".

– Você disse que a Filístia seria destruída! Mudou de ideia?

– Falso profeta!

– Ele diz absurdos.

– "Portanto", diz o Senhor Soberano, "o inimigo está chegando! Ele os cercará e destruirá suas defesas!" – Amós gritou, com a garganta machucada de tanto falar. – "Então ele saqueará todas as suas fortalezas." – Dominado pelo Espírito do Senhor, Amós subiu alguns passos e parou abaixo da entrada do templo de Betel. – Eis o que o Senhor diz: "Um pastor que tenta resgatar uma ovelha da boca de um leão recuperará apenas duas pernas ou o pedaço de uma orelha". Assim, quando os israelitas em Samaria forem resgatados, haverá apenas uma cama quebrada e um travesseiro esfarrapado.

Lágrimas correram por seu rosto.

– "Agora ouçam isto e o anunciem a todo o Israel", diz o Senhor, o Senhor Deus dos Exércitos Celestes. "No mesmo dia em que punir Israel pelos seus pecados, destruirei os altares pagãos de Betel. Os chifres do altar serão cortados e cairão no chão."

O chão sob Amós tremeu.

– Você sentiu isso? – alguém falou, alarmado.

Os pulmões de Amós se encheram. Fogo e força se derramaram por seu corpo.

– "E destruirei as belas casas dos ricos, suas mansões de inverno e suas casas de veraneio, e todos seus palácios cheios de marfim..." – Amós rugiu como um leão – diz o Senhor!

Outro tremor, mais longo dessa vez.

As pessoas olhavam umas para as outras.

– O que está acontecendo?

O chão deslizou; a terra tremeu.

Alguns choravam. Outros gritavam.

Um estrondo baixo soou das profundezas da terra. As pedras gigantes do templo chocaram-se umas contra as outras. As pessoas saíram correndo, gritando de terror. Cobriram a cabeça. Uma parte do pórtico caiu com um forte estrondo, atirando pedras em todas as direções. As pessoas fugiam pela escada. Alguns tropeçavam e caíam, levando outras para baixo com elas. Uma dúzia desapareceu sob a parede derrubada do bordel do templo. Lâmpadas quebradas espalhavam óleo, que, inflamado, lançava chamas que se alimentavam das caras cortinas babilônicas, e fumaça subia das casas de veraneio.

As pessoas se derrubavam no pânico da fuga. Uma mulher elegante jazia pisoteada no último degrau do templo.

Empurrado pela multidão em fuga, Amós lutou para manter o equilíbrio.

O PROFETA

Ó, Deus, não permita que seja tarde demais. Tenha piedade deles! Tenha piedade!

Amós viu mãe e filho pisoteados na rua. No momento em que os alcançou, eles estavam mortos.

Cercado por gritos de terror, Amós se preparou e elevou seu cajado.

– Arrependam-se antes que seja tarde demais! – A poeira subiu em volta dele. – Arrependam-se!

O barulho do caos e do terror engoliu sua voz.

CINCO

Mesmo depois que o terremoto terminou, a poeira continuou a subir de prédios em colapso e partes do muro da cidade. Os gritos foram diminuindo, e as pessoas se moviam em choque, escalando as ruas cheias de escombros e chamando os entes queridos. Muitos ficaram presos dentro dos edifícios.

A cada poucas horas, a terra tremia novamente, porém com menos violência. Mas a cada tremor secundário, o medo das pessoas aumentava. Alguns entraram em pânico e fugiram da cidade, deixando os impotentes a chorar, lamentando por ajuda. Outros trabalhavam freneticamente para encontrar membros da família. Muitos morreram esmagados sob suas casas de cantaria.

Amós ficou para ajudar.

– Há outro aqui! – Ele levantou pedras com cuidado para que outros não caíssem por cima da pessoa que gemia sob a pilha.

– Amós... – Um gemido suave veio de debaixo dos escombros, uma mão sangrenta estendida.

O profeta

Amós trabalhou rapidamente, com cuidado, e encontrou Issacar.

– Amós... – Ele agarrou a mão de Amós com força. Sua boca se moveu, mas nenhuma palavra saiu. Seus olhos imploraram quando ele tossiu. O sangue lhe escorria do canto da boca. Sua mão apertava com mais força, os olhos cheios de medo. Ele sufocou.

Amós ficou com ele até que sua luta terminasse. Então se levantou para ajudar os outros.

– Aqui! Há outro aqui!

As pessoas corriam sobre as pedras caídas. Alguns vieram ajudar. Outros aproveitaram a confusão para roubar tudo o que podiam.

– Parem esse ladrão! Parem! Ele está roubando a minha loja!

Um jovem correu pela rua, saltando sobre os escombros enquanto um ourives gritava por socorro. Amós ignorou o ladrão e levantou outra pedra. Uma prostituta nua olhou para ele com olhos mortos. O homem que havia compartilhado sua cama tinha sido esmagado sob uma parede.

– Ajudem-me... – Uma voz fraca veio de mais longe, dentro da estrutura tombada.

Uma mão se projetou de um buraco estreito, os dedos se movendo como se procurassem a luz. – Ajudem-me, por favor– disse uma mulher com voz fraca. – Estou aqui.

Amós pegou a mão dela.

A mulher soluçou e apertou a mão dele. Depois de remover várias pedras e pedaços de madeira, ele a alcançou. Pegou uma cortina luxuosa para cobri-la. Ela gritou de dor quando ele a levantou e a carregou sobre os escombros. Colocando-a suavemente nas pedras do pátio, ele a deixou entre outros feridos.

Um sacerdote apareceu no topo dos degraus do templo, seus paramentos cobertos de poeira. Passou por cima das pedras caídas e desceu os degraus. Quando chegou ao fim da escada, olhou para Amós, o rosto pálido do choque.

– Você fez isso conosco, profeta?

– Por acaso sou Deus para fazer o mundo tremer?

– Os cornos do altar estão quebrados! E o bezerro de ouro...

Amós ficou exultante.

– O quê? Quer dizer que ele não foi capaz de fugir e se salvar?

– Blasfêmia!

– Olhe ao seu redor, sacerdote. Olhe e esteja avisado! Se vocês construírem aquele bezerro de ouro novamente, o pior acontecerá ao povo. Você será o bode que os levará ao matadouro!

Outro tremor sacudiu as portas do templo, e o sacerdote arregalou os olhos de medo. Esquivando-se das pedras que caíam, ele saiu tropeçando e juntou-se a outro homem santo que tinha conseguido fugir do templo com a primeira onda de adoradores aterrorizados, que agora estavam sentados, desolados e confusos. Observando Amós, eles se aproximaram e conversaram.

Amazias saiu do templo. Claramente abalado, ele encarou Amós.

– Venha e ajude o seu povo! – Amós gritou, mas o velho voltou para dentro.

A noite começou a cair. Dezenas de pessoas ainda precisavam de ajuda. Amós trabalhou a noite toda, descansando quando não conseguia continuar. Quando não pôde fazer mais, caminhou para o portão da cidade, que estava aberto, danificado.

Os guardas gritaram ordens.

– Levantem! Novamente! Levantem as pedras caídas.

Corpos foram colocados em uma fila do lado de fora do muro, aguardando sepultamento.

Esta não é a visão que eu tive, Senhor. Isso não foi uma devastação. Foi apenas o som do tremor, um aviso para ouvirmos.

Por acaso, ouviu o que dois comerciantes diziam.

– Jerusalém está pior do que nós.

Jerusalém! Horrorizado, Amós correu pela estrada. Bani e Ahiam teriam sobrevivido? E suas esposas e filhos?

Tropeçando, ele parou para puxar as pontas de seu longo manto entre os joelhos e prendê-las firmemente no cinto. O medo era maior que a razão. Ele não podia correr por todo o caminho até Jerusalém. Partindo de novo em caminhada rápida, tentou conter o pânico.

Quase três horas depois, chegou ao topo de uma colina e apoiou-se no cajado para recuperar o fôlego, vendo Jerusalém a distância. O Templo de Salomão captava a luz do sol e cintilava em branco e dourado brilhante. Amós deu um grito de alívio.

Barracas pontilhavam as encostas, abrigando as centenas de pessoas que tinham deixado a cidade até que os tremores secundários diminuíssem. Por toda parte ouvia-se o barulho de vozes humanas, enquanto pessoas procuravam amigos e familiares. Burros zurravam. Camelos blateravam.

Comerciantes alinhavam suas tendas ao longo da estrada para Jerusalém.

– Tendas da melhor pele de cabra!

– Jarras de água!

– Lâmpadas a óleo!

– Cobertas.

Os suprimentos tinham sido trazidos de outras cidades e estavam sendo distribuídos pelos soldados que mantinham a ordem.

O Portão das Ovelhas estava aberto e ainda intacto. Amós abriu caminho por meio da multidão e dirigiu-se para o Monte do Templo. Se não encontrasse Bani e Ahiam perto de suas tendas, iria para a casa deles.

Amós avistou os irmãos consertando um aprisco, enquanto uns meninos continham as ovelhas nervosas.

– Bani! Ahiam! – ele chamou e correu para abraçar cada um deles. – Vocês estão vivos! – Recuou e olhou para eles. – Não estão feridos?

– Você está tremendo, irmãozinho. – Bani levou Amós pelo braço e o fez sentar. Mergulhando uma cabaça em um barril de água, ele a estendeu a Amós.

– Vim assim que soube... – Amós bebeu profundamente. – Betel também foi atingida. O estrago foi tremendo. – Enxugou gotas de água da barba. Ahiam olhou para o templo. – Deus fez isso porque o rei Uzias pecou.

Amós levantou a cabeça.

– Pecou? Como?

– Três dias atrás, ele entrou no templo com um turíbulo na mão e acendeu o incenso.

Fora um grande pecado, de fato, usurpar os privilégios concedidos por Deus ao sacerdócio. Uzias teria tentado assumir o controle do templo e fazer as coisas à sua maneira, assim como Jeroboão, filho de Nebate, tinha feito?

Bani entregou a Amós outro copo de água.

– Os sacerdotes estavam em alvoroço, tentando detê-lo.

Ahiam apontou.

– Eu estava lá quando o rei subiu ao monte. Sabia que algo estava acontecendo, então segui a comitiva até lá dentro. Vários dos sacerdotes encontraram o rei e discutiram com ele.

– Ouvi o alvoroço daqui. Parecia um tumulto. Corri para ver o que estava acontecendo.

– Nem mesmo o sumo sacerdote conseguiu dissuadir Uzias – disse Ahiam. – O rei pretendia fazer uma oferenda de perfume ao Senhor, e ninguém iria impedi-lo.

– No instante em que ele acendeu...

– Deixe-me contar a ele! – Ahiam deu um empurrão em Bani. – Eu estava lá, não você.

– Então conte-lhe!

– Um de vocês me diga; não importa qual. – Amós estava impaciente.

Ahiam levantou a mão.

– No momento em que o rei Uzias acendeu o incenso, ficou coberto de lepra. Nunca ouvi um homem gritar daquele jeito. O julgamento do Senhor tinha caído sobre ele, e ele sabia disso! Os sacerdotes o empurraram para fora do templo.

– E então o terremoto começou.

– O templo sofreu danos menores – disse Ahiam –, embora eu tenha pensado que cairia sobre nossas cabeças.

– Algumas áreas da cidade foram duramente atingidas. Centenas de pessoas estão sem casa.

– E as casas de vocês?

– Ambas precisam de reparos, mas pelo menos ainda temos um telhado sobre nossa cabeça. E nossas esposas e filhos estão seguros.

– Onde está o rei Uzias agora?

– Ninguém sabe ao certo. Recluso. Em algum lugar fora da cidade, seguro e vigiado. Seu filho, Jotão, trouxe oferendas pela culpa, ontem e hoje.

– E os sacerdotes têm estado em constante oração desde o ocorrido.

Ahiam se endireitou e voltou ao trabalho, encaixando dois trilhos.

– Nossa situação mudou nos últimos dias.

Um pouco descansado, Amós se levantou e o ajudou.

– O que você quer dizer?

– Heled morreu – Bani respondeu. – Esmagado como um inseto debaixo de um prédio caído. – Ele deu uma risada curta e triste. – No escritório de um cambista.

Amós viu que o temor do Senhor havia se enraizado nos olhos de Ahiam. Para Amós, foi uma centelha de esperança em um mar de trevas. *Deixe crescer, Senhor. Deixe florescer em admiração e adoração, para que meus irmãos não voltem a pecar contra você.* – Deus vê o que os homens fazem. Ele conhece seus corações.

– Foi o que você disse. Talvez devesse me dizer novamente o que viu. Eu não quis ouvi-lo da última vez que você esteve aqui.

E Amós disse a ele. Durante todo o dia, os irmãos conversaram. Quando ele foi para a casa de Bani, a família se reuniu. Eles o ouviram, quietos e atentos, sérios e com um medo mais profundo do que o que havia sido despertado pelo terremoto.

Amós despertou nas primeiras horas do amanhecer. A lâmpada de barro lançava um brilho suave. Ahiam ficou em silêncio, olhando para ele.

Sentando-se lentamente, Amós olhou para ele e franziu a testa.

– O que há de errado?

– Fique aqui, Amós. Fique em Jerusalém. Fale a nosso povo o que o Senhor lhe disse.

Amós balançou a cabeça. Deus já havia enviado um profeta a Jerusalém. "Ouçam Isaías. Devo ir aonde Deus quer que eu vá."

Ahiam baixou os olhos.

– Se tudo o que você diz é verdade...

– Se?

Ahiam ergueu a cabeça.

– Um profeta raramente é reconhecido por sua própria família, Amós. Você sabe como duvidei de você. – Ele fez uma careta. – Porque você é meu irmão. Meu irmão mais novo. Eu o conheço desde que você era um bebê. Você sempre foi impetuoso e opinativo. E agora você... – ele lutou para encontrar as palavras – fala com autoridade. Eu acredito em você, Amós, mas Deus ajude minha descrença.

– Tudo o que eu disse já foi dito antes por Deus. Ele nos deu a conhecer desde o início. Simplesmente nos esquecemos. – Amós balançou a cabeça. – Não. Não esquecemos. Rejeitamos Sua Palavra. Ele nos falou das bênçãos que derramaria sobre nós se o seguíssemos. Também nos advertiu das maldições se lhe voltássemos as costas. Está tudo lá nas Escrituras. – Beeri as tinha lido em voz alta para ele. – Embora os sacerdotes falem pouco sobre isso atualmente.

– Mesmo onde havia obediência, Amós, havia dificuldade.

– É claro. A vida é difícil. Conhecer Deus faz uma grande diferença na maneira como vivemos. Você não anseia ver aquela nuvem sobrecarregada novamente? Aquela coluna de fogo que trouxe a escuridão de volta? – Como Amós ansiava por aqueles dias em que havia evidência física da presença de Deus. Mas, mesmo assim, os homens se recusavam a acreditar. – Ao ouvir a voz de Deus falando comigo, sinto-me vivo, Ahiam. Mesmo quando não me regozijo com a mensagem que devo transmitir, regozijo-me porque o Senhor ainda fala aos homens, mesmo a pastores simples como eu.

– Se você pedisse a Deus, ele ouviria sua prece? Deixaria você ficar aqui entre seus irmãos?

– Eu pedi, Ahiam. Passei meses no pasto suplicando ao Senhor que me tomasse esse fardo. – Ele balançou a cabeça. – Devo voltar para Israel.

– Mas você disse a eles o que virá! Você fez o que Deus lhe mandou fazer.

– Mas eles não me ouviram.

– Você disse a eles! Se eles se recusam a ouvir, que aguentem as consequências. Ouvi dizer como você era tratado. Eles aceitaram os julgamentos sobre as nações vizinhas. Até se alegraram quando ouviram dizer que Judá seria invadido pelos inimigos. Alguma coisa mudou?

Amós deu de ombros. Tinha sido popular por um tempo. Atraíra multidões, até lhes contar o que o Senhor dissera sobre Israel. Os sacerdotes sempre o viram com inveja, cobiçando as multidões que se reuniam para ouvi-lo. Enquanto as profecias se focavam nos pecados das nações vizinhas, pouco eles podiam dizer contra ele. Mas assim que o Senhor concentrou seu julgamento em Israel, todas as restrições foram removidas. Tinha sido fácil conduzir o rebanho assustado e zangado para o estábulo do bezerro de ouro e levá-lo a adorar ídolos.

– Eles não ouviram, ouviram? – Ahiam desafiou. – Não mais do que eu.

– Não. Eles não ouviram. Talvez o terremoto abra seus olhos e ouvidos como abriu os seus. Agora é a hora de falar. Agora, antes que seja tarde demais.

– Por quanto tempo, Amós?

– Quanto tempo leva para decidir escapar à destruição, Ahiam? Agora, uma palavra do Senhor pode ser suficiente para fazê-los se arrepender e confiar em Deus novamente.

– Uma decisão não basta, Amós. Você não entende? Eles vão ouvi-lo por um dia, uma semana, talvez um mês ou dois. Mas devem decidir a cada dia o que fazer. Todos os dias, a partir de agora.

– Que esperança eles podem encontrar na proteção de ídolos de ouro e culto pagão? É tudo fumaça, Ahiam, perfumada e mortal.

– Eles podem não encontrar a verdade, Amós, mas encontram prazer. Deus atribuiu setenta anos aos homens, talvez mais, talvez menos. Isso não é muito tempo nesta terra. E você mesmo disse que a vida é difícil. Eles se livraram do fardo da Lei. Não vão arcar com isso facilmente de novo. – Ele se levantou. – Eles vão se voltar contra você, Amós. Vão rasgá-lo em pedaços como uma matilha de lobos.

– Sim. Ou podem se arrepender.

– Israel, Judá. Partilhamos o mesmo sangue. Agora acredito em você, Amós, e ainda assim não acredito em você. Quero acreditar que Deus é quem governa, mas quarenta e cinco anos à sombra do templo me mostraram como os homens agem, homens como Heled.

– Heled está morto. Você está livre.

– Livre dele. Livre para saber quem vai tentar me escravizar agora. – Ahiam desviou o olhar, o músculo da mandíbula se moveu. – Só posso esperar alinhar-me com os sacerdotes que temem o Senhor. – Ele se voltou para Amós. – Como você fez, irmão. Como você ensinou Ithai e Elkanan. Mas em quantos você pode confiar nos dias de hoje?

– Mais hoje do que ontem! – O terremoto sacudiria as almas dos homens.

– Talvez. – Ahiam deu-lhe um sorriso tenso. – O tempo dirá, não é?

Amós vestiu seu manto.

– Preciso ir.

Ahiam agarrou-lhe o braço.

– Não. Fique. – Seus olhos encheram-se de lágrimas. – Ajude-nos a reconstruir.

Uma onda de emoção inundou Amós. Se ele ficasse, estaria desobedecendo a Deus. Os sacerdotes de Israel não libertariam facilmente seu domínio sobre a ovelha perdida que tinham roubado de Deus e agora mantinham cativa com mentiras. Os olhos de Amós ficaram quentes e úmidos, pois ele sabia que Ahiam não entendia a batalha espiritual que se travava dentro dele. Sentia falta da família. Amava Judá. Mas sentia a agitação dentro da alma. Tinha que voltar a Betel. Se não voltasse...

– O lugar mais seguro em que posso estar é na vontade de Deus, Ahiam.

– Eles vão matá-lo.

– Não consigo pensar nisso. Devo pregar. Sou obrigado a fazer isso. A Palavra queima em minha alma como um incêndio arrasador. – Deus se importava apaixonadamente com seu povo. Deus era pai e mãe da humanidade, e apesar disso seus filhos vagavam pelo deserto. – Devo chamá-los, Ahiam. – Deus o havia enviado para chamar Israel de seu lar, para adverti-los do castigo se recusassem. Porque, se continuassem pelo mesmo caminho, estariam destinados à morte eterna, separados de Deus para sempre.

Amós pegou o cinto, em seguida colocou-o ao redor da cintura e amarrou-o com segurança.

– Não me faça questionar o que Deus deseja que eu faça.

Ahiam o seguiu até a porta. – Você é meu irmão, Amós. Tivemos nossas diferenças, mas... eu o amo.

Era uma admissão sufocada, e por isso preciosa. Amós o abraçou com força.

– Melhor ainda se você amar a Deus. – Ele pegou seu cajado e foi embora.

Um grito soou na torre de vigia quando Amós subia a estrada para Betel.

– O profeta! O profeta está de volta!

Ele parou quando uma dúzia de guerreiros bem armados surgiram no portão. Com o coração na garganta, ele agarrou o cajado. Pretendiam prendê-lo? Será que dessa vez iam arrastá-lo para o templo, submetê-lo a julgamento e executá-lo?

Os guerreiros tomaram seus lugares em duas filas perfeitas de ambos os lados da estrada, as costas rígidas, os olhos fixos em frente. Os anciãos o esperaram diante do portão. Amós encheu os pulmões de ar, endireitou-se e caminhou para a frente. Parou frente a frente com os juízes e anciãos. Uma multidão se reuniu no muro e atrás dos portões abertos.

– Você voltou para nós.

Amós não sabia dizer se eles estavam satisfeitos ou desanimados, mas o medo nos olhos deles era evidente.

– Sim. Eu voltei. – Aquela gente era um peso para seu coração e sua mente.

O PROFETA

– Você tem mais a nos dizer?

– Falarei apenas o que o Senhor me disser para falar.

Todos começaram a falar ao mesmo tempo. Elogiavam e suplicavam, bajulavam e lisonjeavam. Tolos, pensavam que um profeta tinha o poder de provocar desastres naturais.

Ele levantou as mãos.

– Silêncio! Escutem-me. É o Senhor que vocês devem temer. Não eu. Eu lhes trago a Sua Palavra, mas o poder repousa nas mãos dele!

– Mas você será nosso defensor? – Um dos juízes veio para a frente. – Você vai implorar por nós diante de Deus?

Ele não havia sido chamado por Deus para defendê-los, mas para adverti-los a se arrependerem, para lhes contar o que estava por vir se não se arrependessem. Mesmo que quisessem matá-lo, devia dizer a verdade. A vida e a morte estavam diante deles; eles deviam escolher.

– Os olhos do Senhor velam pelos que praticam o bem, e ele ouve suas orações.

– Deus vai nos deixar em paz? Ou pretende nos trazer mais desastres?

Amós olhou em volta para os rostos próximos, que esperavam sua resposta.

– O Senhor lhes disse o que vai fazer se não se arrependerem. Ele vira o rosto para aqueles que praticam o mal e apagará a memória deles da terra.

Um trinado nervoso percorreu a multidão. Um ancião falou:

– Da primeira vez que você veio a nós, todas as suas profecias eram contra nossos inimigos. Por que agora se volta contra nós? Por que proclama a destruição de uma cidade devotada ao culto?

Irritado, Amós deu um passo em direção ao acusador.

– Falei francamente por dois anos, e vocês não ouviram uma palavra do que eu disse! – Ele empunhou seu cajado e o apontou para a rua. – Se aquele bezerro de ouro que vocês amam tivesse algum poder, teria sido derrubado de seu altar? — As pessoas se afastavam à medida que ele procurava seus rostos. — O Soberano Senhor nunca faz nada antes de revelar seus planos a seus servos, os profetas. Eu lhes disse a Palavra do Senhor. Se ouvirem, se aprenderem, se voltarem totalmente corações e mentes para o Senhor seu Deus, talvez ele mude de ideia e retenha o julgamento.

— Então nos ensine — alguém disse lá do fundo. — Vou ouvi-lo.

— Eu também!

— Assim como eu!

Rapidamente, muitos concordaram. Foi sua concordância um sinal de arrependimento? Ou eles estavam apenas tentando apaziguar um profeta que erroneamente acreditavam ter poder para desviar a ira de Deus?

— Eis o que diz o Senhor: "Meu povo esqueceu como fazer o que é certo. Suas fortalezas estão cheias de riquezas tomadas por roubo ou violência". — Ele percebeu a mudança sutil de expressão no rosto de alguns: uma inclinação teimosa do queixo, os olhos brilhantes. A ideia de rebelião estava presente neles. Ele não recuou. — Vocês podem me enganar com suas palavras. Mas não pensem que podem enganar a Deus. Ele vê seus corações e conhece seus pensamentos. E vai julgá-lo de acordo com isso.

— Parem de empurrar! — alguém resmungou.

Um homem que estava diante de Amós balançou para o lado quando alguém atrás dele o empurrou para a frente. Um homem pequeno com a barba desalinhada se adiantou, ignorando as maldições murmuradas contra ele.

— Seria uma honra se você viesse comigo, profeta! Tenho uma tenda. Você pode compartilhá-la comigo.

— Saia daqui, seu fuinha, antes que a gente o esfole e o pendure em uma parede.

O PROFETA

O fuinha não recuou contra os empurrões. Lutou contra as mãos que tentavam puxá-lo para trás e chutou um homem nas canelas enquanto gritava para Amós.

– Que melhor lugar existe para você pregar que o mercado? Todos vêm aqui! – Como não podia lutar contra seis, desapareceu na multidão, seguido por ameaças do que poderia acontecer a um homem que se atreveu a insultar um profeta capaz de provocar um terremoto.

Os anciãos queriam que Amós falasse apenas com eles, mas a mensagem de Deus era para todos.

Amos olhou por cima da multidão em direção ao homenzinho.

– Qual o seu nome?

– Naarai, filho de Sage – gritou o homem do fundo da multidão.

Os anciãos lançaram-lhe olhares sinistros, mas não adiantou. A cabeça de Naarai surgiu por um instante, quando ele pulava, na tentativa de ver acima da cabeça dos outros.

– Não lhe dê atenção.

– Ele não é ninguém importante.

Amós caminhou em direção à multidão. Os homens se afastaram com medo, resmungando baixinho da interrupção de Naarai.

– Por favor, fique e fale conosco.

Amós encontrou Naarai.

– Sobre essa tenda...

Naarai sorriu abertamente.

– Fica bem no meio do mercado. Um bom local. Vou lhe mostrar. – Lançou um olhar triunfante para os homens parados no portão antes de guiar Amós para fora. – Eu o vi no mercado algumas vezes. Você nunca comprou nada.

– O que você vende? – perguntou Amós, caminhando ao lado dele.

– Sandálias. – Ele olhou para baixo. – Você parece precisar de um novo par.

Amós lançou-lhe um olhar funesto.

– É da Palavra do Senhor que você tem fome, ou do meu dinheiro?

– De ambos!

Surpreso, Amós riu. *Eis aqui, Senhor, um homem honesto!*

Um ano se passou, e depois outro. O terror gerado pelo terremoto diminuiu, e as pessoas voltaram a seus velhos hábitos. E Amós continuou ensinando e pregando a Palavra do Senhor, orando constantemente para que as pessoas ouvissem e se arrependessem.

Todos os dias, Amós ensinava com os pergaminhos que Beeri havia copiado e lhe dado antes de sair de Betel. Examinou cada um deles com atenção, orou sobre eles e discutiu a Lei com qualquer um que o procurasse. Os israelitas discutiam cada palavra dela, virando-a de um lado para outro, tentando escapar do domínio da Lei. Tinham cera nos ouvidos e vendas sobre os olhos. Ou foi apenas o desejo pelo pecado que os fez surdos e cegos à clareza da mensagem de Deus?

– De todas as nações e famílias na terra – disse Amós à pequena audiência –, Ele nos escolheu como seu povo. As nações testemunharam o que o Senhor fez por nós desde o tempo em que enviou as pragas sobre o Egito, nos libertou da escravidão e então nos trouxe para esta terra. Mais recentemente, as nações têm visto que o esquecemos.

– Você aí, Naarai! – Um mercador se postou diante de Naarai, com as mãos nos quadris. – Você o convidou, e veja como ele afasta meus clientes com toda a sua tagarelice sobre lei e julgamento.

– Se seus produtos valessem alguma coisa, os clientes não seriam tão facilmente desviados!

O mercador agarrou Naarai.

Naarai afastou-o facilmente e gritou:

– Ribai é um trapaceiro! Ele mistura areia nos grãos.

Alguma briga ocorria todos os dias, nem sempre na tenda de Naarai, mas em algum lugar no caos do mercado. Um dia, eram duas mulheres discutindo sobre o preço dos melões e pepinos. No outro, o comerciante que muitas vezes vendia grãos mofados para aqueles que tinham menos dinheiro. Aqueles que falavam com admiração dos deuses no Monte do Templo viviam brigando, e Ribai era um dos piores.

Amós levantou-se quando Ribai agarrou Naarai. Usou a ponta do cajado para evitar que um soco atirasse alguém no chão.

O mercador se virou, o rosto corado.

– Fique fora disso, profeta.

– Aqueles que fecham os olhos ao clamor dos pobres serão ignorados pelo Senhor nos momentos de necessidade. Enganar os pobres é cuspir na cara de Deus.

– Não é da sua conta. – Ribai voltou para a sua tenda, gritando com o filho para tomar cuidado com os ladrões.

– O Senhor ouve suas preces. – Amós voltou para o seu lugar e sentou-se. Apenas alguns tinham vindo naquele dia para ouvi-lo ler a Lei: um jovem que esperava que Naarai consertasse suas sandálias e uma mãe tinha vindo com dois meninos, mas que os deixou para trás para poder fazer barganha com bugigangas.

Agora, outra mulher, vestida de linho fino e véus, se aproximou. Ficou ouvindo Amós ler em voz alta. Uma escrava segurava um guarda-sol sobre ela, enquanto outra descascava uma romã. Quando uma das escravas parou por um momento para ouvi-lo atentamente, a ama a beliscou por negligenciar seus deveres e a ameaçou com castigo se não descascasse a romã mais rapidamente. Avistando uma amiga, a mulher a chamou.

Amós as conhecia bem. Ele as vira muitas vezes e Naarai o havia alertado para não as ofender. Eram esposas e filhas de sacerdotes. Passeavam pelo mercado, exigindo amostras de tudo o que lhes chamava atenção. Como vacas gordas, pastavam continuamente. Ninguém ousava lhes negar qualquer coisa.

As duas sussurravam enquanto Amós tentava ensinar. Riam baixo e zombavam. Outra mulher, enfeitada de colares, brincos e pulseiras tilintantes, se juntou a elas.

Amós olhou direto para elas.

– A vida de todo ser vivo está nas mãos de Deus e no sopro de toda a humanidade. Lembrem-se da Palavra do Senhor, a Lei escrita por Moisés. Se pecarmos, o Senhor nos espalhará entre as nações. Mas, se voltarmos a ele e obedecermos a seus mandamentos, mesmo se formos exilados até os confins da terra, o Senhor nos trará de volta ao lugar que escolheu para que seu nome seja honrado.

Naarai chamou o jovem. Ele se levantou rapidamente, pagou pelo conserto das sandálias e partiu, deixando apenas os dois meninos que discutiam e se empurravam.

Amós os ignorou e continuou a dirigir-se às mulheres presunçosas e indolentes, que, para fugir do tédio, só queriam zombar.

– Vocês não podem viver como querem, violando os mandamentos de Deus a cada passo, e ainda esperam receber suas bênçãos.

– Caso você não tenha notado, profeta, já vivemos sob as bênçãos de Deus – disse uma delas com uma risada irônica.

– Deus os está advertindo agora. Não contem com seus bens para protegê-los no dia que virá. Voltem para o Senhor e para o poder da sua força.

– Ouçam esse idiota...

– Vocês não devem tomar o que quiserem dos pobres, mas ter compaixão e misericórdia para com eles. – O que seria necessário para fazer aquelas pessoas o ouvirem? Outro terremoto? Colocariam a paciência de Deus à prova até que os prometidos desastres caíssem sobre eles?

A mulher usou o xale da serva para limpar o suco da romã das mãos.

– Você devia tomar uma taça de vinho, profeta. Talvez então não estivesse tão melancólico. – E jogou o xale de lado descuidadamente.

– Sempre o mesmo discurso – disse a amiga, dando de ombros. – Ele nunca fala de nada prazeroso.

– Uma visita ao bordel do templo o deixaria de melhor humor.

As mulheres riram juntas.

A primeira mulher acenou para os dois meninos.

– Não deem ouvidos a ele, meus bons jovens. O que quer é tirar todo o prazer de nossa vida e nos juntar a Judá. Não precisamos de Judá.

O fogo se espalhou pelo sangue de Amós.

– Suas vacas gordas! Continuem engordando para o abate.

Com o rosto vermelho, a mulher empurrou a serva para o lado e avançou.

– Do que você me chamou?

– Você me ouviu. – Amós levantou-se, mantendo os olhos fixos nas três mulheres. – Você é alimentada com os melhores grãos, tratada com o maior cuidado, e para quê? Um dia você vai perder tudo o que valoriza, inclusive sua vida!

– Você não sabe quem eu sou!

– Sei quem você é. Conheço o seu tipo. – Amós tinha tido ovelhas como elas, que davam cabeçadas nas mais novas, valentonas. Gananciosas, possessivas, um perigo para o rebanho. Se não fossem controladas, levariam outras ao mau caminho.

Naarai balançou a cabeça para Amós e murmurou:

– Não diga mais nada.

Mas Amós tinha que continuar. Se não falasse a verdade para aquelas mulheres, o sangue delas lhe pesaria na consciência. Aquelas mulheres andavam no Monte do Templo, sempre de cabeça erguida porque seus maridos serviam como sacerdotes ou oficiais. Ele as via ali muitas vezes, extorquindo tudo o que desejavam à custa dos menos afortunados.

– Vocês são mulheres que oprimem os pobres e esmagam os necessitados, e que estão sempre pedindo a seus maridos: "Traga-nos outra bebida!".

– Um homem mais sábio manteria a boca fechada!

Uma delas cantou uma melodia zombeteira, que ficara conhecida nos últimos meses.

A Palavra do Senhor veio em um ímpeto quente dos lábios de Amós.

– O Soberano Senhor jurou por Sua Santidade! – Ele apontou para as mulheres que zombavam dele. – "Chegará o tempo em que vocês serão levados com ganchos no nariz. Cada um será arrastado como um peixe no anzol! Vocês serão conduzidos por meio das ruínas do muro e tirados de suas fortalezas", diz o Senhor. "E destruirei as belas casas dos ricos, suas mansões de inverno e suas casas de veraneio, e todos os seus palácios cheios de marfim."

Com o rosto vermelho de raiva, a primeira mulher gritou.

– Eu adoro a Deus! Estou no templo todas as manhãs e levo oferendas generosas.

– Oferendas roubadas de um falso deus!

Outros no mercado pararam para olhar. Naarai se enfiou de volta em sua tenda e se escondeu.

Amós foi em direção às mulheres.

– Vá em frente e ofereça seus sacrifícios aos ídolos. Veja se eles podem ajudá-la quando seus inimigos romperem os muros. Continue desobedecendo. Seus pecados estão se somando.

Ela gaguejou quando seus amigos se aproximaram.

– Venha. Vamos embora.

– Não lhe dê ouvidos.

– Ele é louco. Apenas o ignore.

– Maldito seja, profeta!

Quando eles se afastavam, Amós gritou:

– Preparem-se para conhecer seu Deus!

– Ele não é meu deus! – Ela gritou de volta.

Os outros a abraçaram e a puxaram.

Amós balançou a cabeça.

– Os tolos são sábios aos seus próprios olhos, mas o Senhor prevalece. – Voltou a seu lugar e olhou para os dois meninos, agora calados, os olhos arregalados, observando-o. Apenas três pessoas tinham permanecido.

– Você vai se arrepender, Amós.

– Eu me arrependeria mais se tivesse segurado minha língua.

Um dos homens não entendeu.

– Por que o Senhor não falou conosco antes?

Sufocando sua impaciência, Amós se inclinou para a frente.

– Ele tem falado às dez tribos muitas vezes. Enviou a fome para cada cidade e impediu a chuva de cair para nos fazer voltar para ele. Atingiu fazendas e vinhedos com ferrugem e mofo. Até mandou pragas como as que enviou contra o Egito. Nossos jovens morreram em guerras, e algumas cidades foram destruídas. O Senhor nos disse que essas coisas aconteceriam se lhe virássemos as costas. O Senhor é aquele que fez as montanhas. É ele que agita os ventos e revela cada pensamento do homem. É ele que transforma a luz da aurora em trevas.

– Mas o que Deus nos pede é muito complicado!

– A ordem que Deus nos deu por meio de Moisés não é muito difícil de entender, e não está além do nosso alcance. Não está guardada no céu, tão distante que se deva perguntar: "Quem subirá ao céu e a fará descer para que possamos ouvi-la e obedecer a ela". Não é mantida além do mar, tão longe que se deva perguntar: "Quem atravessará o mar para trazê-la, para que possamos ouvi-la e obedecer a ela?". Não, a mensagem está muito perto; está em nossos lábios e em nosso coração para que possamos lhe obedecer. Deus nos deu escolha entre vida e morte, entre prosperidade e desastre. Mas vocês têm permitido que seus corações se afastem dele para adorar outros deuses.

"Ouçam! Ele é o Senhor nosso Deus. Vocês não devem ter nenhum outro deus a não ser ele. Não devem fazer um ídolo de qualquer tipo. Não devem usar mal o nome do Senhor seu Deus. Lembrem-se de observar o santo dia de sábado. Honrem seu pai e sua mãe. Não devem matar. Não devem cometer adultério. Não devem roubar. Não devem testemunhar falsamente contra seu próximo. Não devem cobiçar nada que pertença ao seu próximo."

– Por que não podemos adorar o Senhor e outros deuses também?

– *Porque o Senhor Deus é Um! Não há outro deus.*

Um dos homens pôs-se em pé.

– Não acredito nisso. Não vou acreditar. – E foi embora.

Amós falou objetivamente aos poucos que permaneceram.

– Retornem ao Senhor e vivam. Não adorem os ídolos de Betel, Gilgal ou Berseba. Pois o povo de Gilgal também será mandado para o exílio, e o povo de Betel não vai dar em nada!

– A vida não precisa ser tão difícil. Olhe à sua volta, Amós. Temos riqueza por todos os lados. A fome acabou. Temos comida suficiente para engordar como as vacas de Basã. – O homem se levantou. – Ninguém vai nos matar, porque o rei Jeroboão montou e equipou um exército capaz de enfrentar qualquer um.

Nada do que Amós dizia parecia ser compreendido. Era o mesmo que despejar água na areia. Aquelas pessoas tinham perdido o conhecimento de sua origem. A ignorância as levaria à destruição. Mas elas não tinham o coração suficientemente brando para aceitar a Palavra de Deus. Eram duras e orgulhosas, confiando na riqueza e no poder de seu rei e de sua nação.

Outro homem se levantou.

– Mesmo que eu acreditasse – o que não posso fazer por tudo que vejo ao meu redor –, seria um dos poucos que seguiriam seus ensinamentos. – Ele balançou a cabeça. – Mas somos livres aqui. Não estamos vinculados às suas leis. A vida é para ser vivida. É para ser desfrutada.

Livres para pecar, ele quis dizer.

Irritado, frustrado, angustiado, Amós gritou:

– Vocês não podem ficar contra Deus. Ele elimina o entendimento dos reis e os deixa vagando sem rumo por um deserto.

O rosto do homem ficou rígido diante do desafio.

– Você disse que todas as bênçãos vêm do Senhor, mas a verdade é que Deus não nos deu nada do que temos! Jeroboão, filho de Nebate, deu liberdade e prosperidade a Israel. Removeu o jugo de Salomão de nossos pescoços!

– E colocou o jugo do pecado, que os conduzirá à morte – replicou Amós.

Irritado, o jovem atacou.

– Somos mais fortes do que você pensa! Você é um profeta cego, por isso não enxerga isso. E por que não deveríamos nos orgulhar? A dinastia de Jeroboão ficou mais poderosa a cada ano. Mantivemos nossa terra. Nossas fronteiras estão se expandindo. Samaria é uma capital maior do que Jerusalém!

– Israel responderá a Deus.

– Ano após ano, você diz a mesma coisa e nada acontece! É você quem deve aprender, profeta. Você não tem nada a oferecer a nosso povo. Você é um tolo, Amós. Fala por loucura, não por sabedoria.

– Somente pelo poder de Deus podemos repelir nossos inimigos; somente em nome dele podemos pisar em nossos inimigos.

– Então, como tudo isso aconteceu depois que nos separamos dos governantes de Jerusalém?

– Deus é paciente. Ele...

– Paciente? Seu deus é fraco. Prefiro me curvar a um deus com poder!

– Aquele que tombou durante o terremoto? Aquele que quebrou os chifres de seu próprio altar quando caiu? Esse é o deus que você acha que tem poder?

Os olhos do jovem piscaram e depois se cobriram de sombras.

– Malditas sejam suas profecias. Maldito seja você! – Dando-lhe as costas, ele se afastou.

Outros, que tinham assistido e ouvido tudo, aplaudiram. Mais uma vez, Amós ouviu insultos.

Senhor, você atirou uma flecha no meu coração. O dia inteiro essas pessoas cantam suas canções de zombaria.

Amós lutou contra a raiva e a dor. Palavras subiram-lhe à garganta, mas não eram de Deus, e ele as engoliu, cerrando os dentes para não pecar.

– O Senhor não gosta de ferir as pessoas ou causar-lhes tristeza. Arrependam-se! Aceitem seu castigo quando ele vier. Retornem ao Senhor. Ouça, ó Israel! O Senhor é Um. Ame o Senhor seu Deus com todo o seu coração, toda a sua alma e toda a sua força...

O povo se afastou.

Os olhos de Amós se encheram de lágrimas.

– Se nos humilharmos, orarmos, buscarmos a face de Deus e nos afastarmos do mau caminho, o Senhor ouvirá dos céus e irá perdoar nossos pecados e restaurar nossa terra. Se não nos arrependermos e não voltarmos para ele, o Senhor disse que a Filístia e o Egito vão sentar-se ao redor das colinas de Samaria e testemunhar que castigo ele trará sobre nós por nossos pecados.

Ninguém ouviu.

Naarai baixou a aba da tenda e foi se sentar com Amós.

– Este foi um dia muito ruim. – Ele esfregou as mãos.

O profeta

Amós leu os sinais.

– O que o incomoda, Naarai? – Ele já sabia, mas esperava que ter de expressar isso faria Naarai pensar mais.

– Você costumava atrair multidões. Todos queriam ouvir o que você tinha a dizer.

Porque o terremoto despertara neles o temor do Senhor. Em um ano, porém, diminuíra. Agora, tudo fora esquecido.

Naarai esfregou as palmas das mãos nos joelhos cobertos pela túnica, deixando nela manchas úmidas.

– As pessoas não querem ouvir mais você, Amós. – Ele balançou a cabeça. – Há três anos, ou mesmo um ano, eu não me preocuparia, mas os tempos mudaram. Apesar do que você afirma, ninguém acredita que Deus teve algo a ver com o terremoto. Apenas aconteceu.

Amós não disse nada, mas seu coração se partiu. Até Naarai estava surdo à Palavra do Senhor.

– Mesmo depois de todo esse tempo, e ouvindo tudo o que eu disse, você não acredita que Deus castigará Israel.

– Por que alguém iria acreditar em tal coisa, Amós? Mesmo que acreditassem, isso seria motivo para eles não quererem comer, beber e serem felizes? Se a morte está chegando e não há como evitá-la, devemos ter todo o prazer que pudermos agora.

– Arrependimento...

Naarai acenou impacientemente.

– Sim, sim, você disse essa palavra mil vezes. Isso deixa os homens brutos.

– Não brutos o suficiente.

– Você deveria me respeitar mais.

– O que você está dizendo? – Confuso, Amós olhou para Naarai.

– Eu tentei avisá-lo para não insultar aquelas mulheres hoje, mas você me ignorou. – Ele apontou para si mesmo. – Eu! O único que lhe permitiu usar esta tenda.

Amós nunca se deixou enganar pela generosidade de Naarai. Os motivos do mercador sempre foram egoístas.

– Você ergueu essa tenda para que eu atraísse uma multidão e pudesse vender suas sandálias.

Os olhos de Naarai faiscaram.

– Você deveria me agradecer. Em vez disso, causa problemas. Você pensou em mim ou no meu comércio quando insultou aquelas mulheres? Você as chamou de vacas gordas!

– E é o que elas são.

– Não! Não diga mais nada! Nem mais uma palavra! Já falou demais. Nunca pensa nas consequências. Continua apontando o dedo, fazendo acusações e fingindo que sabe tudo o que vai acontecer. – Ele se levantou. –Você é ruim para os negócios, e quero que vá embora. Agora!

Amós o encarou. Ele esperava alcançar as pessoas, e não tinha chegado nem a uma. Naarai tinha se gabado uma vez de que não se curvara a um bezerro de ouro. Era verdade. Ele nunca desistiu de se curvar aos lucros.

Cansado, Amós pegou o cajado e olhou longamente para Naarai.

– Eu esperava... – Lágrimas brotaram em seus olhos. Balançando a cabeça, ele se afastou.

Naarai o chamou.

– Gosto de você, Amós. – Seu tom era de inquietação. – Não quero desrespeitar você ou seu Deus, mas um homem tem de ganhar a vida.

– Você escolheu, Naarai.

Um dia, mais cedo do que ele pensava, a morte estaria à sua porta.

Enquanto andava pelas ruas de Betel, Amós olhava as pessoas no rosto. Apesar dos pecados delas, ele as amava. Eram como um rebanho de ovelhas, mudas e propensas a vagar, ignorantes dos perigos que espreitavam em toda parte, alheias ao inimigo Satanás que ansiava por devorá-las. Seguiam seus desejos, alimentando-se de religiões estrangeiras, que atiçavam seu orgulho e suas paixões vis. Pensando que podiam viver sem as regras de Deus, criaram suas próprias regras. Não conseguiam entender que nenhum homem pode viver para si mesmo sem provocar o caos. As coisas pelas quais ansiavam só estariam ao seu alcance se voltassem para Deus.

O amor que Deus lhes prometia atingiria o anseio de suas almas, enquanto o amor oferecido no templo de Betel os deixaria vazios e doentes. A liberdade que Deus lhes oferecia iria edificá-los e dar-lhes propósito, enquanto a liberdade oferecida pelos ídolos os cativava e escravizava. Eles queriam um tratamento justo, que teriam se obedecessem à lei de Deus. Mas eles se curvaram às regras humanas que deram a homens corruptos o poder de esmagar os pobres sob seus calcanhares e enriquecer com o trabalho dos outros.

Seus corações eram como pedra, impenetráveis. Eles usavam a armadura do orgulho.

A angústia dominou Amós. Ele tinha visto o fim. Ele chorou e rasgou o manto.

– Venham, vamos falar sobre a grandeza do Senhor; exaltemos juntos o seu nome. Eu orei ao Senhor, e ele me respondeu. Ele me libertou de todos os medos. Aqueles que o procuram em busca de ajuda ficarão radiantes de alegria; nenhuma sombra de vergonha escurecerá seus rostos. O Senhor nos libertará do medo!

Suas palavras caíram em ouvidos surdos, pois eles tinham perdido o medo do Senhor. Os terremotos vieram e abalaram sua confiança. Mas, quando os escombros foram removidos, o aviso foi esquecido e eles voltaram a seus velhos hábitos.

– Ouça, povo de Israel! – Amós chorou de angústia. – Ouça esta canção fúnebre que estou cantando! – Sua voz cresceu em um triste lamento à virgem Israel que caíra da graça e nunca mais se erguera. Ele cantou sobre ela, deitada e abandonada no chão, sem ninguém para ajudá-la.

As pessoas saíram das casas, espiaram das janelas, pararam seu trabalho para ouvir, pois sua voz era como a do Senhor, bela e terrível ao mesmo tempo. Seu canto ecoou nos portões e depois flutuou no vento quando ele saiu da cidade e caminhou devagar, os ombros caídos, para a sua caverna.

E as pessoas comentavam.

– Espero que ele nunca mais volte.

– Gostaria que ele fosse embora.

–Alguém deveria ir lá e calá-lo para sempre.

– Ele nunca tem nada de bom a nos dizer.

– Desgraça e melancolia. É só disso que ele fala.

– Tudo o que ele faz é nos dizer o que estamos fazendo errado.

Amós sentou-se dentro da caverna, com a cabeça enfiada nas mãos, os ombros tremendo com os soluços.

– Oh, Senhor, oh, Senhor. Transforme seus corações em barro macio. Por favor, Senhor...

Mas ele já sabia a resposta. O povo tinha lhe virado as costas. Seus corações estavam endurecidos.

E Deus estava acumulando ira para o dia que viria.

SEIS

Amós subiu às colinas. Lá do alto, olhou para a terra. Betel parecia orgulhosa a distância.

Por que seu povo é tão teimoso, Senhor? Por que eles transformam privilégio em perversão? Eles até mesmo não sabem mais distinguir o certo do errado. Suas casas estão cheias de bens roubados. Saqueadores! Isso é o que eles são. Ladrões e bandidos. Mulheres sem Deus. Hipócritas. Riem de mim quando eu os aviso sobre o que vai acontecer. Recusam-se a crer em Sua Palavra. Você, o Deus vivo que criou o céu e a terra. Como podem ser tão tolos a ponto de pensar que seus ídolos podem salvá-los?

Decepcionado, Amós esfregou o rosto. Havia falhado. Nada do que dissera havia feito qualquer diferença na maneira como eles viviam.

Talvez se fosse um homem mais instruído, ou mais eloquente, contundente ou persuasivo em seu discurso, eles o tivessem ouvido.

Quanto tempo, ó Senhor, você me encheu de amor por essas pessoas. Quanto tempo devo ficar e ver como eles lhe viram as costas? Estou esmagado por seus pecados, sobrecarregado de suas queixas, inundado de lágrimas devido à sua rebelião! Quando vai me deixar ir para casa?

Deus lhes dera muitas oportunidades de se afastar dos falsos deuses e do culto pagão. Arrependimento era uma palavra abominável em suas bocas. "Arrepender-se de quê?", eles diziam, convencidos de que a riqueza os salvaria. Clamavam para que o Dia do Senhor chegasse, sem ter nenhuma ideia de que, quando viesse, os varreria para longe como palha ao vento.

Eles são como crianças, pensou Amós. *Seguram sua mão enquanto tramam a travessura. Pensam que você não fará nada contra eles porque os escolheu dentre todos os povos da terra. Mas um pai ignorará o desrespeito dos filhos? Permitirá que os filhos cuspam em seu rosto? Se um pai humano não vai permitir isso, por que eles pensam que o Senhor Deus o fará?*

Ele soluçou. Havia dito a eles a verdade e fora insultado. E eles continuaram pisoteando os pobres. Seus líderes continuaram a extorquir subornos e a impedir a justiça. Muitos se tornaram preguiçosos e complacentes, relaxando no luxo, comendo carne e cantando canções sobre o nada. "Vamos comer, beber e ser felizes", diziam uns aos outros, pensando que Deus não os responsabilizaria porque eram filhos de Jacó. Para eles, Jeová era apenas mais um deus em seu panteão, e o menos favorito porque o Senhor Deus de Israel pedia uma vida santa e autossacrifício pelo bem dos outros. E, por causa de sua rejeição, seus corações se tornaram mais duros, e seus ouvidos mais surdos. Eles não distinguiam entre verdade e mentira.

– Eu disse a eles, Senhor. Disse a eles muitas vezes.

Aqueles que tentaram ter uma vida justa diante de Deus sofreram. Beeri, Jerusha e Oseias voltaram para Jerusalém. Amós esperava que eles tivessem encontrado outros que amassem o Senhor como eles, que se apegassem à Torá em busca de sabedoria e orientação, que vivessem não para agradar aos homens, mas a Deus.

O profeta

Aflição e raiva dominaram Amós. Ele se sentiu dividido entre amar e odiar o povo de Betel.

Não foi a você que eles rejeitaram, meu caro Amós. Eles me rejeitaram.

– Mas, Senhor, eles não entendem que vão obter o que merecem! Vão conseguir exatamente o que eles estão pedindo: o Dia do Senhor. Ele virá mais cedo do que eles pensam.

Em vez de vencerem seus inimigos, serão derrotados e abandonados. As dez tribos cairão e jamais se erguerão. Nove em cada dez soldados morrerão em batalha, e o resto será escravizado. O choro será ouvido em todos os lugares, e as coisas irão de mal a pior. O Dia do Senhor não trará um único raio de esperança. Toda o culto terá fim. Suas músicas serão silenciadas. Aqueles que sobreviverem às batalhas serão conduzidos como escravos, seu orgulho e a glória de Israel cairão no esquecimento, e todas as suas riquezas cairão nas mãos de seus inimigos.

Amós se ajoelhou e tocou a cabeça no chão.

– O que eu faço, Senhor? O que digo a eles para afastá-los da destruição?

Fique firme! Continue a dizer-lhes a verdade!

As cores mudaram ao redor de Amós. Ele sentiu que a presença de Deus o envolvia, confortando-o, enquanto lhe mostrava o futuro. Ele viu gafanhotos saindo do chão em grande número, como um exército de milhões e milhões, marchando, espalhando-se pela terra, levantando voo. Tudo no caminho deles desapareceu. A terra tornou-se um mar negro de insetos em movimento, devorando plantações, árvores, arbustos e até pessoas.

– Ó Soberano Senhor! – Amós gritou, erguendo as mãos ao céu. – Por favor, perdoe-nos ou não sobreviveremos, pois Israel é tão pequeno.

A visão desapareceu.

Eu não farei isso.

No momento em que Amós agradecia a Deus por não destruir a terra e as pessoas, outra visão encheu sua mente. Um calor abrasador borbulhava no fundo do oceano, enviando nuvens de vapor no ar. O fogo irrompeu das profundezas montanhosas do mar, subindo, subindo, um caldeirão de bolhas e vapor, espalhando e devorando toda a terra.

– Deus, não! – Amós gritou de medo. – Ó Soberano Senhor, por favor, pare ou não vamos sobreviver, porque Israel é tão pequeno.

O Senhor falou com uma voz mansa e tranquila:

Não farei isso tampouco.

O fogo desapareceu e a terra voltou a ser como antes.

O coração de Amós disparou, pois o Senhor não havia terminado de mostrar seu grande poder sobre toda a criação. O castigo viria. Devia vir para trazer seu povo de volta. Amós orou por misericórdia.

– Deixe um remanescente, Senhor. Por favor, deixe alguém vivo para louvar o Seu Nome.

Amós, o que você vê?

Amós abriu os olhos.

– Um fio de prumo. – A Lei era o peso na ponta.

Vou testar meu povo com este fio de prumo. Não mais ignorarei os seus pecados. Os santuários pagãos de seus antepassados serão arruinados e os templos de Israel, destruídos; trarei a dinastia do rei Jeroboão a um fim repentino. Vá e diga a eles!

Dez tribos se alinharam com os deuses pagãos de Canaã, Moabe, Amom e os demais. Nenhuma delas em todo Israel permaneceria honesta e verdadeira do lado da lei que Moisés trouxera do Monte Sinai, a lei que Deus escrevera com a própria mão.

Como eles não podiam ver que Deus os perseguia com amor implacável? Como não respondiam?

Sobrecarregado pela tristeza, Amós voltou a Betel.

O povo havia se recusado a dar atenção à advertência do Senhor. Eles plantaram o vento e agora colheriam o furacão de um Deus justo e santo.

Ao se aproximar do templo, Amós sabia que teria pouco tempo. Os homens já subiam as escadas para relatar sua presença.

– Ouçam a Palavra do Senhor! – Ele gritou. – Não recitem mais minha Lei e não finjam que me prestam obediência. Vocês recusam meu castigo e tratam minhas leis como lixo! – E listou todos os pecados deles, apesar das vaias, reverências simuladas, maldições e insultos. – Sua boca está cheia de maldade, e sua língua, cheia de mentiras. Enquanto vocês faziam tudo isso, permaneci em silêncio, e vocês pensaram que eu não me importava! Mas agora vou censurá-los!

– Ele está falando contra o rei!

Ouviu-se um alvoroço ao redor dele. Os guardas do templo desceram correndo os degraus e o cercaram.

– Você deve ficar em silêncio. É uma ordem!

– Arrependam-se!

– Cale-se! – Dois guardas armados de espadas o seguraram.

Amós lutou.

– Arrependam-se, todos vocês que ignoram o Senhor, ou ele vai fazê-los em pedaços e ninguém vai ajudá-los!

Os soldados lutaram com ele. Quando ele tentou usar seu cajado, dois guardas o arrancaram de sua mão.

– Silenciem-no!

Os guardas o golpearam com seu cajado. Atordoado pelos golpes, Amós cedeu. Os homens o agarraram e o arrastaram escada acima. O ar dentro do templo estava frio. Ele foi levado a uma grande câmara e caiu no chão de pedra. Gemeu e tentou se levantar. Um guarda o chutou. Outros juntaram-se ao primeiro. A dor o atravessou. Amós mal conseguia respirar.

– Basta!

– O que devemos fazer com ele, meu senhor?

– Meu senhor? – Tomado por extrema fúria, Amós lutou para ficar de pé e enfrentar Amazias. – Não há outro Senhor senão Jeová.

Os olhos do sumo sacerdote encheram-se de ódio.

– Por dez anos sofri com sua presença em minha cidade, mas basta. Você foi longe demais. Ninguém está autorizado a profetizar contra o rei!

– Foi o Senhor que deu dez tribos a Jeroboão, e o que Jeroboão fez para mostrar sua gratidão? – Amós zombou. – Construiu bezerros de ouro e levou o povo para longe do Deus que o abençoou. *A dinastia de Jeroboão chegará ao fim!* – Atingido novamente, Amós caiu e levantou a cabeça com esforço. – O Senhor falou.

– O rei ouvirá suas palavras, Amós. E depois você morrerá.

– Diga a ele! – Amós lutou com todas as suas forças, mas não poderia ganhar a liberdade. – Diga a ele o que o Senhor diz. Se ele tiver algum bom senso, vai se arrepender e levar seu povo de volta a Deus.

– Prendam-no!

Lançado na escuridão, depois que a porta se fechou e foi trancada, Amós se viu deitado de bruços na terra fria. O mau cheiro do fétido submundo do palácio fez sua cabeça girar e lhe embrulhou o estômago. Um rato subiu por sua perna. Ele recuou e o atirou longe. Chiando, o rato correu para esperar por um momento mais oportuno.

O medo agarrou Amós pela garganta. Nunca estivera em tal escuridão. Sempre houvera as estrelas no alto. Mas essa escuridão tinha dentes que afundavam em sua alma. Ele lutou para não gritar e tateou as paredes buscando uma maneira de escapar. Não havia.

– Deus, me ajude. – Mesmo seu sussurro ecoou bastante suave. Abatido, ele pressionou as costas contra a parede. Esforçou-se para ver um pequeno lampejo de luz em algum lugar, qualquer lugar. Nada. Somente fechando os olhos ele podia imaginar. Acostumado a espaços abertos e ao aprisco, Amós lutou contra o pânico orando.

– Senhor, você é meu libertador. Sopre-os para longe como palha no vento, um vento enviado pelo anjo do Senhor. Torne o caminho deles escuro e escorregadio. E faça com que o anjo do Senhor os persiga. Embora eu não lhes tenha feito nenhum mal, eles armaram uma armadilha para mim. Embora eu não lhes tenha feito nenhum mal, eles cavaram um poço para mim. Então permita que a ruína repentina os atinja. Deixe que sejam apanhados em suas próprias armadilhas!

O tempo passou devagar, mas Amós manteve seus pensamentos fixos no Senhor. Ele gritou a Palavra de Deus na escuridão.

– Voltem para o Senhor! Agradecer é um sacrifício que verdadeiramente honra a Deus. Se seguirem seu caminho, ele lhes revelará a salvação! – Estava cheio de raiva. – As tramas perversas tramavam contra o justo e faziam ranger os dentes contra ele. O Senhor ri para ele, pois vê que seu dia está chegando!

Um guarda se enfureceu:

– Você nunca aprenderá a segurar a língua, profeta? Quando a ordem chegar, vou ter prazer em cortá-la fora!

Ele só recebeu comida e água suficientes para mantê-lo vivo. De pé na escuridão da prisão, ele lamentou o destino do povo. – Eis o que diz o Senhor: "Entre todas as famílias da terra, escolhi vocês. É por isso que devo puni-los por todos os pecados. Que ouça toda a terra! Trarei desastre sobre o meu povo. Isso é fruto do seu próprio pecado, porque se recusam a me ouvir".

– Cale-se!

– Vocês se gabam de ser mais poderosos do que qualquer outra nação! Acham que podem evitar a sepultura. Dizem que os assírios nunca poderão tocá-los, pois vocês ergueram fortes torres. Ouça, ó Israel! Você vive em um refúgio feito de mentiras e enganos!

Mais guardas entraram. A luz da tocha era tão brilhante que o cegou. Eles o amaldiçoaram e deram-lhe socos e pontapés até ele perder a consciência.

Quando acordou na escuridão, ele se arrastou para um canto e rezou.

– Senhor, liberte-me...

A porta se abriu para um grito:

– Levante-se! – Quando ele não conseguiu, dois guardas o agarraram e o levantaram, indiferentes à sua dor. – Você fede, profeta.

Ele foi levado para fora.

A luz do sol lhe feriu os olhos e o cegou. *É assim que são essas pessoas, Senhor? Fecham os olhos para a luz da verdade porque é muito doloroso aceitar? Isso significa que terão que mudar seus hábitos!*

Há quanto tempo estivera preso? Uma semana? Um mês? Ele encheu os pulmões de ar puro.

Amós viu-se diante de Paarai, filho de Amazias. Vestido com o traje de sacerdote, com joias e insígnias de seu cargo, ele manteve a cabeça erguida. Torcendo os lábios, ele examinou Amós com olhos frios.

– O rei foi informado das tramas que você tentou armar contra ele.

– Mentiras! Não criei nenhuma trama.

Um guarda o golpeou. Erguido e arrastado, Amós foi levado diante do filho do sumo sacerdote.

– Temos testemunhas. Bem aqui em Betel, na porta do santuário real do rei Jeroboão, você falou de uma trama para acabar com a vida dele e destruir sua dinastia. Disse que ele logo seria morto, e o povo de Israel enviado para o exílio.

Você disse... você disse... Amós entendeu e falou:

– A dinastia de Jeroboão terá fim. Sim. Não por minhas palavras, mas pelas palavras do Senhor.

De olhos ardentes e rosto corado, Paarai gritou para ele.

– Escute a palavra de meu pai Amazias, sumo sacerdote de Betel e servo de Baal! Saia daqui, seu profeta! Volte para a terra de Judá e ganhe a vida profetizando lá! Não nos incomode com suas profecias aqui em Betel. Este é o santuário do rei e o lugar nacional de adoração!

Amós sabia que Amazias estava em algum lugar próximo, ouvindo.

– Não sou um profeta profissional, não como você, seu pai e muitos outros que falam o que é agradável ao ouvido de quem lhes paga! Nunca fui educado para ser profeta. Sou apenas um pastor e cuido das figueiras. Mas o Senhor me chamou para longe do meu rebanho e me disse: "Vá e profetize a meu povo em Israel".

Amazias entrou na sala. Com o rosto mosqueado, ele cuspiu palavras de ódio.

– Tire-o da minha vista! Ele está banido de Betel. Cuide para que ninguém o deixe passar pelo portão novamente!

– Qual é o problema, Amazias? Jeroboão derrotou seu plano de me matar? Existe um resíduo de temor ao Senhor em Israel? Reze para que assim seja!

– Deixe que as pessoas o vejam ser banido, pai.

– Que assim seja! – Amazias concordou.

O Espírito do Senhor desceu sobre Amós, que gritou em voz alta.

– Agora, então, ouça esta mensagem do Senhor, Amazias. Você diz: "Não profetize contra Israel. Pare de pregar contra o meu povo". Mas eis o que diz o Senhor: "Sua esposa se tornará uma prostituta nesta cidade, e seus filhos e filhas serão mortos. Sua terra será dividida, e você morrerá em terra estrangeira. E o povo de Israel certamente ficará cativo no exílio, longe de sua terra natal".

Amordaçando-o, os guardas o levaram para fora, o chicotearam, o amarraram em um carro de bois e o exibiram pelas ruas de Betel. As pessoas gritavam insultos e maldições.

– E suas profecias agora, profeta?

Alguns riram.

– Fora do nosso caminho! – gritou o guarda do templo.

O profeta

– Tirem-no daqui!

Alguns jogaram lixo nele.

– Mandem-no para casa em Judá!

O carro de bois o levou até a sombra do portão e depois saiu para a luz do sol, onde os guardas o soltaram.

Espancado e faminto, Amós mal conseguia ficar de pé. Ele apontou para aqueles que gritavam com ele dos muros.

– Vocês se tornarão cativos no exílio, longe de sua terra natal.

Ninguém o ouviu.

Ninguém se importou o suficiente para ouvir.

Naquela noite Amós sonhou, um sonho acordado enquanto caminhava sob as estrelas.

O que você vê, Amós?

– Uma cesta cheia de frutas maduras. – Frutas prontas para serem consumidas.

As dez tribos estavam prontas para o castigo. O canto nos templos de Israel se transformariam em pranto. Corpos mortos estariam espalhados por toda parte. Os sobreviventes seriam retirados da cidade em silêncio. As dez tribos rebeldes seriam levadas para a escravidão. Até a terra sofreria por causa delas.

Israel primeiro.

Depois Judá.

Chorando, Amos caiu de joelhos e atirou poeira no ar. Enfureceu-se contra os pecados do povo e se lamentou durante toda a noite. Pela manhã, se levantou do pó e voltou para Betel.

– Você não pode entrar, profeta. Você ouviu as ordens ontem.

– Estes muros não vão protegê-los do julgamento de Deus!

– Vá embora! Não me cause problemas.

– Ouçam a mensagem do Senhor! – Amós gritou para as pessoas no muro. – Ouçam isto, vocês que roubam dos pobres e pisoteiam os necessitados! Vocês não podem esperar que o dia de sábado termine e as festas religiosas acabem para voltar a enganar os indefesos.

Durante todo o dia, Amós caminhou ao longo das muralhas de Betel.

– O Dia do Senhor virá inesperadamente, como um ladrão na noite! "Nesse dia", diz o Senhor Soberano, "farei o sol se pôr ao meio-dia e escurecer a terra enquanto ainda for dia. Vou transformar suas celebrações em momentos de luto e seu canto em pranto. Vocês vão usar roupas de funeral e raspar a cabeça para mostrar tristeza, como se seu único filho tivesse morrido. Quão amargo será esse dia!"

Com a garganta em carne viva, Amós olhou para as muralhas. Lágrimas correram-lhe pelo rosto ao pensamento da destruição que estava por vir.

O Espírito do Senhor renovou suas forças e deu poder à sua voz, enquanto ele os advertia da pior maldição que poderia cair sobre o homem. "Está chegando o tempo", diz o Senhor Soberano, "em que enviarei a fome sobre a terra – não fome de pão ou água, mas de ouvir a Palavra do Senhor." – Soluçando, Amós rasgou suas vestes. – Pessoas vão vagar de mar em mar e de fronteira em fronteira em busca da Palavra do Senhor, mas não a encontrarão. Nesse dia, moças bonitas e jovens fortes vão desmaiar, sedentos da Palavra do Senhor.

Ele apontou para as pessoas alinhadas nas paredes de ambos os lados dos portões principais.

– E os que juram pelos vergonhosos ídolos de Samaria – que juram em nome do deus de Dã e fazem votos em nome do deus de Berseba – cairão todos para nunca mais se erguerem.

Uma pedra atingiu a testa de Amós e ele caiu. Sangue se derramou por seu rosto. Ele o limpou e se levantou. Outra pedra, e mais outra. A dor lambeu-lhe o ombro e o lado do corpo.

Amós se afastou do muro.

– Vocês são israelitas, mais importantes para mim do que os etíopes?, pergunta o Senhor. Tirei Israel do Egito, mas também trouxe os filisteus de Creta e conduzi os arameus para fora de Quir. Eu, o Senhor Soberano, estou observando esta nação pecaminosa de Israel. Vou destruí-la da face da terra!

Amazias ficou nas sombras, gritando:

– Não vamos ouvi-lo mais! Fechem o portão!

Os mercadores protestaram. Amós podia ouvi-los discutindo. Ninguém se importava em ouvir a Palavra do Senhor. Eles apenas lutavam para reabrir os portões para que o comércio não fosse interrompido!

Amós se virou, com a cabeça latejando, e cambaleou ao descer a colina. Chegando finalmente a um pomar tranquilo, ele desmaiou.

Despertando no meio da noite, Amós conseguiu caminhar até a caverna do aprisco, na qual vivera por dez anos. Faminto e com sede, caiu no chão duro de terra e se enrolou como um bebê no ventre. Será que morreria ali como um animal na toca?

– Senhor, por que me abandonou? Tentei alimentar suas ovelhas. Elas não me ouviram. – Alquebrado em espírito, ele soluçou. Com a garganta ardendo e lábios rachados e sangrando, sussurrou: – Você é Deus e não há outro. Bendito seja o nome do Senhor.

Ele sonhou que anjos vieram e lhe deram pão e água, enquanto Deus sussurrava para ele como um pai a um filho perturbado.

Acalme-se e saiba que eu SOU Deus.

A dor passou e o corpo de Amós relaxou sob mãos protetoras.
– Pai...Pai... eles não me ouviram. – Ele ouviu choro.
E veio o alívio, e com ele mais uma tarefa.
No dia seguinte, ele iria para casa em Tecoa e anotaria por escrito todas as visões que o Senhor lhe dera. Faria uma cópia para Israel e outra para Judá. A acusação estaria em pergaminho para que, quando o Senhor cumprisse Sua Palavra, as pessoas soubessem que o Senhor os havia advertido antes de enviar seu castigo.

Os dezoito quilômetros até Tecoa lhe pareceram mais de cem, mas a visão dos campos e dos rebanhos de ovelhas encheu Amós de alegria. Ele avistou Elkanan e Ithai nos pastos, mas não teve força para levantar o braço ou chamá-los.
Elkanan o estudou.
Ithai se aproximou, com o cajado e a clava nas mãos.
– Você aí! Quem é você e o que você quer?
Tinha mudado tanto na aparência? Balançando, Amós caiu de joelhos.
Ithai correu na direção dele. Quando Amós levantou a cabeça, os olhos de Ithai se arregalaram.
– Tio! – Largando a clava, ele colocou o braço ao redor dele para ajudá-lo a levantar-se. – Elkanan! – Ithai gritou – É o tio Amós! Peça ajuda!
– Vou ficar bem. Só preciso descansar um pouco.

O profeta

Quando Amós olhou para as ovelhas, sua garganta se fechou. Por que Israel não pôde se reunir e ser levado de volta ao Senhor? Por que não puderam pastorear nas Escrituras em vez de se alimentar dos ensinamentos venenosos de homens como Jeroboão, Amazias... Heled?

– Amós está de volta!

– Silêncio. – Amós balançou a cabeça. – Não assuste as ovelhas. – Sua voz mudou de tom. – *Se ao menos as ovelhas de Deus estivessem com medo do que estava por vir. Se ao menos pudessem ser chamadas de volta.*

Outros vieram ajudar. Eliaquim foi ao encontro dele, as lágrimas correndo livremente quando ele enrolou o braço gentilmente ao redor de Amós e o ajudou a andar.

Amós sorriu.

– Meu amigo, preciso que você compre canetas de junco, um tinteiro cheio, uma pequena faca e um rolo de papiro agora mesmo.

– Farei isso, Amós.

Amós dormiu por três dias. Quando finalmente levantou-se, rígido e dolorido, começou a trabalhar no pergaminho. A Palavra do Senhor fluía dele, e o Espírito do Senhor o ajudava a se lembrar de cada palavra dita por Deus. Quando suas emoções ficavam fortes demais, ele interrompia o trabalho brevemente e andava de um lado para outro para que suas lágrimas não manchassem o documento.

Eliaquim levou-lhe uma bandeja com uma jarra de vinho, um pouco de pão e uma tigela de ensopado de lentilha.

– Você precisa comer.

Amós assim o fez. Satisfeito, voltou ao trabalho.

Eliaquim veio buscar a bandeja.

– Será que o Senhor vai mandá-lo de volta a Israel?

– Não sei. – Ele não era o mesmo homem que tinha partido de Tecoa anos antes. – Irei aonde Deus me enviar. – Seu coração ainda doía pelos israelitas.

– Muita coisa mudou em Jerusalém desde o terremoto. Uzias vive em solidão. Jotão cumpre suas ordens.

– O rei se arrependeu?

– Sim.

– E as pessoas? – Ele pensou nos irmãos, em suas esposas e seus filhos. – Voltaram para o Senhor?

– Muitas voltaram.

A hesitação do servo entristeceu Amós.

– Meus irmãos...

Eliaquim deu de ombros.

– Parece que sim.

Por obrigação ou por agradecimento? Amós não teve coragem de perguntar. Orou para que os irmãos se curvassem voluntariamente ao Senhor e pudessem regozijar-se em sua salvação.

Ele trabalhou dia após dia, escrevendo cuidadosamente o primeiro pergaminho. Não devia haver erros. Quando terminou de descrever as visões, o Senhor voltou a falar com ele, e Sua Palavra o encheu de esperança para aqueles que confiavam no Senhor.

Ele terminou de escrever, saiu da mesa e foi para fora. Levantando os braços em louvor ao Deus que o chamou para longe dos campos e dos rebanhos, pensou no futuro e esperou pelo que Deus oferecera a seu povo.

"Naquele dia restaurarei a casa caída de Davi. Vou reparar suas paredes danificadas. Vou reconstruí-la a partir das ruínas e restaurar sua antiga glória. Trarei meu povo exilado de Israel de volta de terras distantes, e eles reconstruirão suas cidades em ruínas e voltarão a morar nelas. Plantarão vinhas e jardins; comerão suas colheitas e beberão seu vinho. Vou plantá-los firmemente lá em sua própria terra."

Nem tudo estaria perdido. Deus sempre deixa um remanescente.

Amós voltou para sua escrivaninha e, nas semanas seguintes, fez duas cópias perfeitas do pergaminho. A primeira, enviou por mensageiro ao rei Jeroboão em Samaria; a segunda, ao rei Uzias em Jerusalém; e a terceira ele colocou nas mãos confiáveis de Eliaquim.

– Mantenha isto seguro caso as outras sejam destruídas. – Alguns homens fariam qualquer coisa para fingir que Deus não os avisara do que estava por vir.

Terminado o trabalho, Amós saiu para examinar os rebanhos. Viu o crescimento obtido por Elkanan e o cuidado de Ithai nos últimos dez anos, e ficou satisfeito.

Muita coisa havia mudado durante sua ausência e, desanimado, Amós teve de aceitar que suas ovelhas não mais reconheciam sua voz. O cordeiro do qual ele cuidara envelhecera. Os animais se moviam ao som das vozes de Elkanan e Ithai, mas não vinham quando Amós os chamava. Como os israelitas, haviam esquecido a voz do mestre. Não mais o conheciam nem confiavam nele. Trabalhando com os sobrinhos, Amós deu tempo aos animais para se familiarizarem com sua voz.

Quando finalmente responderam à sua voz, ele levou uma parte do rebanho para outro pasto. Caminhou entre eles, falando baixinho. Alguns inclinaram as orelhas, outros não. À noite, com o uivo dos lobos, ele tocava flauta ou cantava para eles. O som de sua presença ajudava as ovelhas a descansar enquanto mantinha os predadores afastados.

Mesmo depois de semanas longe de Betel, ele pensava frequentemente nas pessoas de lá e no que o futuro lhes reservava. *Devo voltar, Senhor? Devo tentar novamente? Como parecem ovelhas rebeldes! Não conhecem sua voz nem sentem sua presença ao redor delas.*

As dez tribos não sabiam que Deus estava perto, sempre vigilante, tentando protegê-las do mal. Haviam rejeitado a dádiva da salvação. Recusaram-se a ser conduzidas à segurança, rejeitando a abundância de amor, alegria, paz, paciência, bondade, fidelidade, mansidão e autocontrole. Contra tais coisas não há lei. Será que nem sequer adivinharam a tristeza que causaram a Deus por seu adultério com outros deuses, deuses vazios e falsos, meros reflexos de sua depravação interior? Seus falsos deuses os levariam à escravidão e à morte.

Amós orava incessantemente. Cada pensamento que lhe vinha à mente ele capturava e se voltava para o Senhor. Queria ser purificado de toda a iniquidade que tinha visto em Betel, os pecados que haviam se espalhado pelas dez tribos como uma praga. A morte viria quando menos esperassem, como um ladrão na noite.

Ele lamentava por Judá, pois, quando havia retornado a Jerusalém, vira os irmãos. E sabia que seu arrependimento não fora profundo. Amós orou para que as palavras de Isaías ecoassem pela terra e afastassem as pessoas do pecado.

Faça-os ouvir, Senhor!

Ele trouxe seu rebanho de volta ao redil em Tecoa. Eliaquim saiu para ajudá-lo e lhe contou:

– O rei Jeroboão está morto.

Amós ouviu a notícia em silêncio. Ela o apavorou. *Então está começando.*

Eliaquim contou-lhe o resto.

– Seu filho Zacarias deve governar.

A última ovelha entrou no redil. Amós fechou o portão com segurança e, desgostoso, baixou a cabeça.

– Não por muito tempo.

Na manhã seguinte, Amós levou suas ovelhas para o pasto leste. Apoiado em seu cajado, observou os carneiros e ovelhas correrem para a grama fresca, enquanto os cordeiros brincavam. Ele sorriu. Essa era a vida que ele conhecia melhor, a vida que amava. Conhecia ovelhas, mas não era capaz de sondar os homens. Pensou em Betel e Israel e orou pelas pessoas que o tinham perseguido.

Quão pouco prazer você obtém de seu rebanho, Senhor. Você implora para que seus filhos perdidos voltem para casa, apenas para vê-los correr na direção oposta.

Muitas vezes as ovelhas de Amós se perdiam. Isso significava que ele as amava menos? Isso significava que ele iria virar as costas para elas se houvesse alguma chance de salvá-las?

Sou apenas um homem, pensou Amós, *e as amo até meu coração parecer que vai se partir. Quão maior é o seu amor. É mais profundo, é mais puro, é sagrado. Seu amor corre como água viva invisível, além da compreensão, abaixo da superfície do que vemos e ouvimos. A fé se estende em direção a ela e bebe para que possamos crescer fortes e justos, uma árvore da vida para todos nós.*

– Amós!

Assustado, Amós se endireitou e olhou para cima. As ovelhas se agitaram, assustadas com o estranho que chamara. Amós chamou-as de volta e moveu-se entre o rebanho em direção ao homem que se aproximava. Sorrindo, ele abriu os braços.

– Oseias!

Eles se abraçaram. Oseias recuou.

– Fui a Tecoa. Seu servo me disse que você estaria aqui.

– Você viajou oito quilômetros para me ver?

– Teria vindo de mais longe.

Comovido, Amós se apoiou em seu cajado e sorriu levemente.

– Você parece bem e próspero.

Oseias baixou a cabeça.

– O Senhor abençoou nossa família. Meu pai está cumprindo deveres sacerdotais e recebe a sua parte.

– Ah, sim. E bastou um terremoto para fazer os homens voltarem os olhos para a Lei de Deus. – Ele percebeu que aquela não era uma visita desinteressada. – O que o traz até mim?

– Deus me chamou de volta para Israel, Amós.

– Agora?

– Sim.

Amós suspirou.

– Espero que você encontre ouvidos atentos e corações abertos, meu jovem amigo.

Oseias baixou a cabeça.

– Deus me disse para me casar com uma prostituta.

Amós o encarou.

– Tem certeza de que é Deus quem fala com você?

Oseias ergueu os olhos.

– Quando você foi chamado, havia alguma dúvida em sua mente de que foi Deus quem falou com você?

– Não. Reconheci sua voz instantaneamente, embora nunca a tivesse ouvido. Tudo dentro de mim o reconheceu. – Amós deu um leve sorriso.

– Eu não o acolhi. Implorei para ele me deixar em paz. Temia a tarefa. Disse a ele que não estava à altura dela. – Ele olhou para o norte. – E não estava. – A dor brotou novamente, profunda como um oceano. – Eles se recusaram a ouvir.

– Você falou a verdade, Amós. Você os avisou da destruição que estava vindo, e agora Deus está me enviando de volta para viver uma vida cheia de dor. – Oseias deixou cair os ombros. – Meu pai pensa que anseio pelos caminhos de Israel. Acha que quero voltar a Betel para me deleitar com o prazer das mulheres! Recusa-se a falar comigo, Amós. Nunca me deitei com uma mulher. Nunca! Esperei, na esperança de encontrar uma jovem hebreia temente a Deus que seria a mãe de meus filhos. – Seus olhos se encheram de lágrimas. – E agora Deus me diz para ir e me casar com uma prostituta. Como posso amar uma mulher assim? Como ela pode me amar?

– O que mais Deus lhe disse?

Ele engoliu em seco e desviou o olhar. Permaneceu em silêncio por tanto tempo que Amós pensou que não responderia.

– Israel é como uma esposa infiel. Mas Deus é sempre fiel. Como devo ser.

É assim, Senhor? Oseias será o marido fiel para a esposa adúltera, o marido que preza sua noiva apenas para vê-la correr para outros homens. Que sofrimento esse jovem vai experimentar! E tudo para mostrar a angústia de Deus. Oseias lhes mostrará como você sofre quando seu povo abraça outros deuses.

Será que as pessoas sabem o que veem, Senhor? Irão entender a profundidade de sua paixão por elas? O medo não as trará de volta para você. O amor fará o que o medo não conseguiu? Você estende sua mão mais uma vez, Senhor.

Por apenas um momento, Amós sentiu a angústia de Deus diante de seu povo eleito.

— Não quero voltar a Betel, Amós. Quero ficar em Jerusalém e mergulhar no estudo da Lei.

— E acha que estará a salvo de danos lá? — Amós balançou a cabeça.

Oseias lutava como ele havia lutado. Não era uma luta diária obedecer a Deus em vez de fazer o que queria?

— O único lugar seguro está na vontade de Deus, meu amigo. — Ele colocou a mão no ombro de Oseias. — E o Senhor está com você. É isso que compensa tudo. Talvez todos nós sejamos chamados a ser como Jó e possamos dizer suas palavras: "Deus pode me matar, mas não tenho outra esperança". *Mas o Senhor não sofre ainda mais? Ele nos ama como um pai ama um filho, só que mais.*

Eles caminharam juntos. Amós lhe falou sobre o trabalho de um pastor e destacou as diferentes personalidades das ovelhas. Oseias riu e balançou a cabeça. E, enquanto instruía Oseias, ocorreu a Amós que toda a criação ensina sobre o caráter de Deus. Em tudo há uma lição. Mas quantos aproveitaram o tempo para olhar e ouvir? Quantos entenderam que buscar Deus trazia prodígios e alegria a uma vida e fazia que todas as outras coisas perdessem importância?

Amo a vida de pastor, Senhor. Amo estar sozinho nos pastos, absorvendo sua criação, vigiando suas ovelhas. Ao contrário da vida em Betel, em meio à bagunça e ao caos da humanidade, aqui a vida é simples. As pessoas são complexas e, apesar disso, simples. Querem fazer o próprio caminho! Criam ídolos que, segundo acreditam, lhes permitem descer a paixões tenebrosas e a uma existência egocêntrica. Usam as habilidades criativas que o Senhor lhes deu para criar novos deuses que não as podem punir nem salvar. Por um tempo, eu as vi como ovelhas. Mas são na verdade mais tolas e inclinadas à destruição do que esses animais. Será esse amor que sinto por elas uma centelha do que você sentiu desde o começo? Você é o pastor que nos chama lá do alto: *"Venha para casa! Volte para mim! Retorne ao aprisco onde estará seguro e será amado". Todos os dias você canta canções de libertação por meio do vento, dos pássaros, dos sons da noite.*

Se ao menos ouvíssemos...

– Devemos ir aonde Deus nos enviar, Oseias. – Se Deus o chamasse de volta a Israel, Amós não mais discutiria. Iria sem hesitação. Voltaria a profetizar, embora isso significasse espancamento, prisão, até mesmo morte. Como Deus trouxera a esse ponto de rendição o homem teimoso e rebelde que ele tinha sido? Israel não desistira da rebelião, mas o Senhor tinha feito nele uma obra poderosa.

Oseias caminhava de cabeça baixa.

– O que o Senhor me ordenou fazer é contra tudo que sou.

– E, em meio a isso, o Senhor estará com você. Você aprenderá a ter compaixão daquele que o odeia.

Os olhos de Oseias brilharam de lágrimas.

– E no final vou destruir quem amo, como Deus diz que nos destruirá?

Amós parou e se apoiou pesadamente em seu cajado. Era um homem simples, não um filósofo; um pastor, não um sacerdote com anos de estudo a fundamentar suas opiniões.

– Não sei as respostas, Oseias. Mas, nos anos que passei em Betel, sabia que não foi o ódio de Deus pelos homens que me enviou para lá, mas seu grande amor. É o pecado que ele odeia, porque o pecado mata. O pecado nos afasta de Deus, e ele nos quer perto. Em seu aprisco. – Ele olhou para seu rebanho. – Às vezes é o simples ato de pastar que coloca uma ovelha em apuros. Uma pequena mordida aqui, outra ali, outra em outra área, e logo elas estarão longe do pastor. E então vem um leão. Ou lobos. Quantas vezes ao longo dos séculos Deus nos resgatou de nossa estupidez? – Ele balançou a cabeça. – Incontáveis vezes.

Nunca aprenderemos, Senhor? Nossos corações nunca mudarão? Você teria que nos transformar em novas criaturas para que o possamos seguir?

Ele foi atrás de uma ovelha que se enfiara em um arbusto. Oseias o observou. Quando a ovelha estava segura de volta entre as outras, Amós voltou para ele.

– Um pastor às vezes tem de disciplinar uma ovelha rebelde. Algumas tendem a seguir seu próprio caminho. Entram em barrancos e espinheiros, e levam outras à morte junto com elas. Tive de matar algumas ovelhas para manter as demais seguras.

– Como Deus fará com uns poucos de nós.

– Mais do que uns poucos, meu amigo.

– Como Deus pode nos amar tanto e lançar inimigos cruéis e despóticos sobre nós?

– Fiz a mesma pergunta, Oseias, e não tenho respostas. Mas sei que a culpa de muito do que está vindo sobre nós se deve às nossas próprias escolhas. Em nossa ignorância, igualamos sacerdotes corruptos a Deus. Somos destruídos por nossa ignorância e, no entanto, muitos poucos têm o desejo de aprender a verdade que os salvará. – Amós suspirou. – Mas falo sobre coisas que não conheço ou entendo. Se eu pudesse explicar tudo, Deus seria Deus? Nunca estive diante do povo de Betel e expus minhas próprias ideias. Falei apenas as palavras que Deus me deu. Qualquer outra coisa teria sido pecado. No começo eu odiava as pessoas. Na verdade, preferia a companhia das ovelhas à dos homens. As paisagens, os sons, o cheiro da população de Betel me agrediam de todos os lados. Demorou alguns anos para que Deus me abrisse os olhos de modo que eu pudesse vê-los como ovelhas perdidas.

Amós balançou a cabeça e continuou:

– Algumas coisas estarão além da nossa compreensão. Até os animais conhecem seu dono e apreciam o cuidado que recebem dele, mas não o povo de Deus. Não importa o que Deus faça por eles, eles ainda se recusam a entender. Uma ovelha diz ao pastor o que fazer? Então por que o homem deveria achar que pode dizer a Deus o que fazer? Mas a impossibilidade disso tudo não impede nosso povo de tentar. Deus não vai deixar o homem ter seu caminho, e então ele esculpe um ídolo de madeira ou pedra, enche-o de adereços e se curva diante dele. E seu deus tem o poder de um espantalho que guarda um campo de melões. Eu quis escolher meu caminho por muito tempo, Oseias, mas Deus no fim me indicou o seu caminho. – Seus olhos se encheram de lágrimas. – E agradeço a Deus por isso! Agradeço a Deus todos os dias!

– Mas Deus está nos enviando mensagens tão diferentes – Oseias falou.

– Está mesmo? São realmente tão diferentes? Certamente a salvação está perto daqueles que o honram. O amor infalível de Deus e a verdade são uma coisa só, e uma vida vivida na luta pela justiça traz paz.

– Nem sempre.

Amós sabia que Oseias pretendia lembrá-lo do que ele havia sofrido durante seus dez anos em Betel.

– É a paz com os homens que mais importa, meu amigo? Ou paz com Deus? Eu mostrei às pessoas as consequências do pecado. Talvez seu trabalho seja mostrar a graça e a misericórdia de Deus se eles se arrependerem.

– Acho que não posso fazer o que ele pede.

– Você não pode. Nem eu. Sou um pastor. Crio ovelhas e colho figos. Quem pensaria em mim preparado ou mesmo digno de pregar a Palavra de Deus em Betel? No entanto, Deus quis assim. Eu poderia não dizer ou fazer nada até que o Espírito do Senhor descesse sobre mim, e então tudo foi possível. Deus tornará possível para você cumprir a tarefa que lhe deu. Seu trabalho é confiar nele.

– Você vai voltar para Betel comigo?

Amós viu esperança e medo nos olhos de Oseias.

– Não. É aqui que Deus me quer. Por enquanto. – Oseias teria que confiar no Senhor para completar sua missão. E o Senhor estaria com ele o tempo todo.

Oseias sorriu com tristeza.

– Não pensei que você concordaria, Amós, mas tinha que perguntar. Nenhum homem gosta de estar sozinho.

– Você não estará.

Oseias entendeu e assentiu.

– Eu me lembrarei de você. Sua coragem. Sua obediência. Vou lembrar o que você disse e prestar atenção ao aviso.

– E eu vou orar por você e continuar a orar por todos aqueles aos quais você foi enviado para servir.

Eles se abraçaram.

Você chama seus profetas para uma vida dura de dor e sofrimento, Senhor.

O Espírito se moveu dentro dele, e Amós soube que Deus sofria muito mais do que qualquer homem poderia imaginar. Aquele que criou o homem, aquele que lhe deu existência e o amou era tratado como um amante rejeitado. *Você sofre mais, Pai, pois seu amor é maior.*

A garganta de Amos se apertou. Ele inclinou a cabeça. *Ah, que as palavras do meu coração possam lhe ser agradáveis, Senhor, porque você é meu pastor.*

Quando levantou a cabeça, Amós olhou para o norte e viu Oseias de pé no topo da colina. Ambos acenaram, e então Oseias desapareceu no horizonte.

Israel recusara-se a dar ouvidos às advertências. Será que eles também desprezavam o amor?

Lágrimas correram pelas faces de Amós, pois ele sabia a resposta.

O PROFETA

Amós levou o rebanho de volta a Tecoa e os invernou nas pastagens protegidas e nos abrigos de casa. Deixando-o aos cuidados de servos de confiança, subiu a Jerusalém para adorar no templo e visitar os irmãos.

Bani deu-lhe a notícia.

– O rei Zacarias foi assassinado em Samaria.

Ahiam despejou ração em uma manjedoura.

– Foi morto em sua capital diante do povo. E o assassino, Salum, agora é rei de Israel.

A Palavra do Senhor dada a Jeú tantos anos antes se cumpriu, e a dinastia de Jeroboão não durou passada a quarta geração. Na verdade, Zacarias ocupara o trono apenas seis meses, e nenhum outro membro da família de Jeroboão permaneceu vivo para retomar o poder do usurpador coroado.

Apenas um mês depois, Amós ouviu de um comerciante de passagem por Tecoa a caminho de Jerusalém que Salum tinha sido executado e outro rei estava no trono de Israel.

– Menaém se recusou a se curvar a um assassino. Então subiu de Tirza para Samaria, matou Salum e coroou-se rei de Israel.

E assim um terrorista sempre reivindica uma desculpa nobre para o assassinato.

Tendo se afastado da benevolência de Deus, o povo agora vivia sob a sombra de um assassino.

E o pior viria.

A cada dia que passava, o pressentimento de Amós crescia. Tinha matado um leão quatro dias antes e ouvido lobos na noite anterior, mas havia algo mais, algo até mais sinistro no ar. Manteve as ovelhas perto dele, com o olhar atento a qualquer perturbação.

Um homem vinha descendo a colina.

Amós levantou a mão para proteger os olhos. Não era Elkanan, Ithai ou Eliaquim. O homem continuou andando em direção a ele com passos decididos. Quando Amós o reconheceu, soube por que ele tinha vindo.

– Paarai.

– Saudações, profeta.

Era estranho que o medo o abandonasse agora. Amós baixou a cabeça, e a boca se curvou em um sorriso sombrio.

– Como seu pai passou estes dias?

– Meu pai foi quem me enviou. – Paarai sacou a espada.

Amós já enfrentara coisa muito pior do que aquele jovem fanfarrão. Podia facilmente ter se defendido com a clava, mas não fez nada.

– O que você acha que vai conseguir ao me matar?

– Suas profecias morrem com você! Nossa família permanecerá no poder. E você será alimento para os abutres!

Amós agarrou a última oportunidade que lhe foi dada de dizer a verdade.

– Você está errado. – Amós largou o cajado, a clava, e abriu os braços. – Mate-me se acha que deve, mas saiba que os homens planejam, mas Deus prevalece. A Palavra do Senhor permanecerá. E tudo vai acontecer como Deus me fez dizer!

Paarai gritou de raiva e enfiou a espada na barriga de Amós. Ele se inclinou para a frente, usando as duas mãos para empurrar a lâmina até o fim e depois recuou. Amós não conseguia respirar de tanta dor. Olhando para baixo, agarrou a empunhadura ensanguentada e caiu de joelhos.

– Quem detém o poder agora? – Paarai perguntou.

Com um grito gutural de raiva, colocou o pé no peito de Amós e o empurrou. A lâmina surgiu na superfície, cortando as mãos de Amós. Ele estava deitado de costas, contorcendo-se de dor.

– Isso é o que você ganha por fazer sofrer um homem melhor do que você! Agora meu pai vai conseguir dormir! Será capaz de comer! Não vai mais temer suas palavras ressoando em seus ouvidos!

De pé sobre ele, Paarai puxou a espada lentamente. Amós gritou de agonia, e viu que Paarai sentia prazer naquilo.

Ele se ajoelhou ao lado de Amós. Inclinando-se, abriu um sorriso selvagem, os olhos perversos diante do triunfo.

– Vou deixá-lo aqui agora para sofrer. Reze para morrer antes que um leão venha. Ou os lobos. Dá-me prazer pensar em sua carne sendo dilacerada por animais famintos! – Ele se levantou, cuspiu nele e amaldiçoou-o em nome dos deuses de Betel. E, depois de chutar poeira no rosto de Amós, se afastou. Paarai pegou um punhado de pedras, atirou-as nas ovelhas de Amós e riu enquanto elas corriam em pânico.

Amós tentou se levantar e não conseguiu. Quando virou a cabeça, viu que as ovelhas se dispersavam. Lágrimas encheram seus olhos. Ele chorou de dor e desespero quando o sol se pôs e seu sangue encharcava o chão. Ouviu os lobos e viu que eles se reuniam na encosta. As ovelhas moviam-se inquietas, sem nenhum pastor para guiá-las ou protegê-las.

Como Israel.

E as nações se reunirão ao redor das colinas de Samaria...

Amós chorou. *Por sua misericórdia, Senhor, não vou viver para ver isso acontecer.*

Seu pai lhe dissera uma vez que os justos muitas vezes morrem antes do tempo porque o Senhor protege aqueles que ama do mal que está por vir.

Um lobo se aproximou, agachado, rosnando. Amós estava impotente para se proteger. Sua força tinha se esvaído. O lobo chegou um pouco mais perto e então fugiu, assustado por algo invisível.

Uma brisa suave agitou a grama. Em breve seria noite. A escuridão se aproximava. Amós sentiu-se levantado por braços fortes. Olhou para um rosto que nunca tinha visto, mas que sua alma reconhecia.

– Ó! – A alegria o dominou, e manteve os olhos fixos naquele ser que ele amava.

– Não tema. – Lágrimas escorreram sobre o rosto de Amós. – Tudo o que foi dito vai acontecer. E então vou restaurar a casa de Davi. Reconstruirei suas ruínas e a restaurarei, para que o resto da humanidade possa me buscar, inclusive os gentios, todos aqueles que chamei para serem meus.

Amós se encheu de esperança da salvação, mas não lhe restara força nem para sorrir. O Senhor beijou sua testa.

– Descanse, Amós. Descanse, meu bom e fiel servo.

Amós fechou os olhos e o Bom Pastor o carregou para casa.

EPÍLOGO

Não muito tempo depois da morte de Amós, suas profecias começaram a se confirmar.

A cidade de Tapua e toda a paisagem circundante até Tirza se rebelaram contra Menaém. Em retribuição, Menaém saqueou a cidade, matando homens, mulheres e crianças, chegando mesmo a seguir o brutal costume assírio de abrir o ventre das mulheres grávidas e assim aniquilar a próxima geração.

O rei Menaém reinou por dez anos, e então o rei assírio, Tiglate-Pileser, invadiu Israel e forçou Menaém a pagar trinta e sete toneladas de prata. Ele extorquiu dinheiro dos ricos de Israel. Com a morte de Menaém, seu filho Pecaías subiu ao trono, mas foi assassinado dois anos depois por Peca, comandante de seu exército. Peca então se declarou rei de Israel.

Vinte anos se passaram, enquanto o povo mergulhava na adoração pagã. Oseias, o profeta, obedeceu à ordem de Deus de se casar com uma prostituta. Muitas vezes, Oseias levou a esposa de volta, mas as pessoas ao seu redor não conseguiram entender a parábola viva do amor de Deus pelo rebelde Israel.

O rei Tiglate-Pileser atacou novamente e capturou grandes cidades e regiões primitivas, levando as pessoas cativas para a Assíria. Entre elas estavam Amazias e seu filho, mas suas esposas foram deixadas para trás para sobreviverem como prostitutas.

Peca foi logo deposto por Oseias, que reinou em Samaria por nove anos antes de o rei Salmaneser da Assíria derrotá-lo e saquear o país. Quando o rei Oseias tentou obter a ajuda do rei So do Egito, o rei da Assíria voltou, sitiou Samaria e a destruiu.

Assim como Amós e outros profetas advertiram, Israel foi devorado pela guerra. Lobos assírios atacavam as ovelhas de Israel. Aqueles que sobreviveram foram levados para terras estrangeiras, deixando os inimigos para desfrutar da generosidade da terra que Deus havia lhes dado. Dispersas, as dez tribos desapareceram. Judá se arrependeu sob os reinados dos reis Ezequias e Josias, mas logo depois o reino do sul também se afastou do Senhor. Cento e sessenta e quatro anos após a morte de Amós, a Babilônia invadiu e conquistou a Judeia. Enquanto o povo era levado à escravidão, os babilônios despojaram o Templo de Salomão e o derrubaram, não deixando pedra sobre pedra.

Só então o povo se arrependeu e clamou ao Senhor, e Deus ouviu suas orações.

Setenta anos depois, o Senhor cumpriu sua promessa de trazê-los para casa.

Porque de Judá viria o Messias. E em seus ombros descansaria o governo que nunca teria fim e seria chamado Maravilhoso Conselheiro, Deus Poderoso, Pai Eterno, Príncipe da Paz. Jesus, o Cristo, Deus Filho, seria o Bom Pastor que salvaria seu povo e os conduziria aos apriscos do Senhor Deus Todo-Poderoso.

PROCURE E ACHE

Caro leitor

Você acabou de ler a história de Amós, o profeta, contada por Francine Rivers. Como sempre, é desejo de Francine que você, leitor, mergulhe na Palavra por si mesmo para descobrir a verdadeira história – para descobrir o que Deus tem a nos dizer hoje e encontrar aplicações que mudarão nossa vida, levando-nos a nos adequar aos seus propósitos para a eternidade.

Amós era um humilde pastor e jardineiro. Seu coração dedicado a Deus o ajudou a enfrentar os tempos em que viveu e a rejeição. Amós não se esquivou da tarefa para a qual Deus o chamou. Em vez disso, deu um passo à frente e aceitou o chamado. A obediência de Amós ao chamado de Deus é extraordinária. Prenuncia outro profeta – o último profeta, Jesus de Nazaré.

Que Deus o abençoe e o ajude a descobrir o chamado de sua vida. Que você descubra um coração de obediência batendo dentro de você.

Peggy Lynch

O CHAMADO

Busque a palavra de Deus para a verdade

Leia a seguinte passagem:

Esta mensagem foi dada a Amós, um pastor da cidade de Tecoa, em Judá. Ele recebeu a mensagem em visões, dois anos antes do terremoto, quando Uzias era rei de Judá e Jeroboão II, filho de Joás, rei de Israel.

Amazias, sacerdote de Betel, enviou uma mensagem a Jeroboão, rei de Israel: "Amós está tramando contra você aqui mesmo à sua porta! O que ele está dizendo é intolerável. Ele está dizendo: 'Jeroboão logo será morto, e o povo de Israel será enviado para o exílio'".

Então Amazias ordenou a Amós: "Saia daqui, seu profeta! Volte para a terra de Judá e ganhe a vida profetizando lá! Não nos incomode

O PROFETA

com suas profecias aqui em Betel. Este é o santuário do rei e local nacional de adoração!".

Mas Amós respondeu: "Não sou um profeta profissional e nunca fui educado para ser um. Sou apenas um pastor e cuido das figueiras. Mas o Senhor me chamou para longe do meu rebanho e me disse: 'Vá e profetize ao meu povo em Israel'".

Amós 1,1; 7,10-15

QUEM ERA AMÓS E DE ONDE ELE ERA? QUAL ERA SUA PROFISSÃO E SUA OCUPAÇÃO SECUNDÁRIA?

_____
_____
_____
_____
_____

QUANDO E COMO AMÓS FOI CHAMADO PARA SER PROFETA? QUE TIPO DE PROFETA ERA ELE? QUE TIPO DE TREINAMENTO ELE TEVE?

_____
_____
_____
_____
_____

COMO AMÓS FOI RECEBIDO PELOS LÍDERES RELIGIOSOS E POR QUÊ? COMO FOI RECEBIDO PELOS LÍDERES POLÍTICOS?

_____
_____
_____
_____
_____

Como Amós respondeu aos líderes religiosos e políticos? Como ele respondeu a Deus?
___
___
___
___

Encontre os caminhos de Deus para você

Quem é você e que tipo de formação você tem?
___
___
___
___

> Deus conhecia seu povo e o escolheu para tornar-se como seu Filho, para que ele fosse o primogênito entre muitos irmãos e irmãs. E, tendo-os escolhido, chamou-os para virem a ele. E, chamando-os, deu-lhes uma posição justa. E, tendo-lhes dado uma posição justa, lhes deu a sua glória.
>
> Romanos 8,29-30

De acordo com esses versículos, para que Deus o chamou e por quê?
___
___
___
___

O PROFETA

QUAL É SUA RESPOSTA A DEUS? EXPLIQUE.
_____
_____
_____
_____

Pare e pense

Lembrem-se, queridos irmãos e irmãs, que poucos de vocês eram sábios aos olhos do mundo, ou poderosos ou ricos quando Deus os chamou. Em vez disso, Deus escolheu coisas que o mundo considera tolas para envergonhar os que se julgam sábios. E escolheu coisas sem poder para envergonhar aqueles que são poderosos. [...] Por isso, ninguém pode jamais se vangloriar na presença de Deus.

1 Coríntios 1,26-29

MENSAGEM PARA OS OUTROS

BUSQUE A PALAVRA DE DEUS PARA A VERDADE

Leia a seguinte passagem:

Assim diz o Senhor:
"O povo de Damasco pecou repetidas vezes,
   e não o deixarei impune!
Eles derrotaram meu povo em Gileade
   como o grão é debulhado com trenós de ferro.
Por isso, enviarei fogo ao palácio do rei Hazael,
   e as fortalezas do rei Ben-Hadade serão destruídas.
Vou derrubar os portões de Damasco. [...]
Destruirei o governante em Bete-Éden,
   e o povo de Aram irá como cativo para Quir".

O PROFETA

Assim diz o Senhor:
"*O povo de Gaza pecou repetidas vezes,*
  e não o deixarei impune!
Enviaram aldeias inteiras para o exílio,
  e os venderam como escravos para Edom.
Por isso, enviarei fogo sobre os muros de Gaza,
  e todas as suas fortalezas serão destruídas.
Vou massacrar o povo de Asdode.
Então me voltarei para atacar Ecrom,
  e os poucos filisteus que restarem serão mortos".

Assim diz o Senhor:
"*O povo de Tiro pecou repetidas vezes,*
  e não o deixarei impune!
Eles quebraram seu tratado de fraternidade com Israel,
  vendendo aldeias inteiras como escravos para Edom.
Então enviarei fogo sobre os muros de Tiro,
  e todas as suas fortalezas serão destruídas".

Assim diz o Senhor:
"*O povo de Edom pecou repetidas vezes,*
  e não o deixarei impune!
Eles perseguiram seus parentes, os israelitas, com espadas,
  sem mostrar nenhuma piedade.
Em sua raiva, os cortaram continuamente
  e foram implacáveis em sua ira.
Então enviarei fogo sobre Teman,
  e as fortalezas de Bozra serão destruídas".

Assim diz o Senhor:
"O povo de Amon pecou repetidas vezes,
   e não o deixarei impune!
Quando atacaram Gileade para estender suas fronteiras,
   rasgaram mulheres grávidas com suas espadas.
Por isso, farei descer fogo sobre os muros de Rabá,
   e todas as suas fortalezas serão destruídas".

Assim diz o Senhor:
"O povo de Moabe pecou repetidas vezes,
   e não o deixarei impune!
Eles profanaram os ossos do rei de Edom,
   queimando-os em cinzas.
Então enviarei fogo sobre a terra de Moabe,
   e todas as fortalezas em Queriote serão destruídas".

Amós 1,3–2,3

CITE AS SEIS PESSOAS/CIDADES/NAÇÕES VIZINHAS NAS QUAIS AMÓS PRONUNCIOU O JULGAMENTO DE DEUS.

_____
_____
_____
_____

O QUE ESSES VIZINHOS TINHAM EM COMUM? POR QUE DEUS ESTAVA FURIOSO COM CADA UM DELES?

_____
_____
_____
_____

O profeta

Que julgamento foi decretado?
_____
_____
_____
_____

O que podemos aprender sobre Deus nesta passagem?
_____
_____
_____
_____
_____

O que está implícito sobre Amós? Explique.
_____
_____
_____
_____
_____

Encontre os caminhos de Deus para você

Que semelhanças você vê, se houver, entre o comportamento mostrado nesta passagem e o que está acontecendo no mundo atual?

> Estou avisando com antecedência, queridos amigos. Estejam em guarda para que não se deixem levar pelos erros dessas pessoas más e percam sua posição segura. Em vez disso, devem crescer na graça e no conhecimento de nosso Senhor e Salvador Jesus Cristo.
>
> 2 Pedro 3,17-18

Que advertências recebemos na passagem acima e por quê?
___
___
___
___
___

O que devemos fazer para nos mantermos seguros? Você está fazendo isso?
___
___
___
___
___

Pare e pense

O dia do Senhor virá tão inesperadamente como um ladrão.
Então os céus desaparecerão com um estrondo terrível, e os próprios elementos se extinguirão no fogo, e a terra e tudo que há nela serão encontrados para serem julgados.

2 Pedro 3,10

MENSAGEM PARA OS PARENTES

Busque a palavra de Deus para a verdade

Leia a seguinte passagem:

Assim diz o Senhor:
"O povo de Judá pecou repetidas vezes,
  e não o deixarei impune!
Rejeitaram a instrução do Senhor,
  recusando-se a obedecer aos seus decretos.
Foram desviados pelas mesmas mentiras
  que enganaram seus ancestrais.
Então enviarei fogo sobre Judá,
  e todas as fortalezas […] serão destruídas".

Assim diz o Senhor:
"*O povo de Israel pecou repetidas vezes,*
  e não o deixarei impune!
Eles vendem pessoas honradas por prata
  e pobres por um par de sandálias.
Pisoteiam pessoas indefesas no pó
  e empurram os oprimidos para fora do caminho.
Pai e filho dormem com a mesma mulher,
  corrompendo meu santo nome.

Então vou fazê-los gemer
  como uma carroça carregada de feixes de grãos.
Seus corredores mais rápidos não vão escapar.
  Os arqueiros não resistirão.
Nesse dia, os mais corajosos de seus guerreiros
  largarão suas armas e fugirão para salvar a vida".

"Meu povo esqueceu como fazer o certo",
  diz o Senhor.
"Voltem para o Senhor e vivam!
Caso contrário, ele rugirá sobre Israel como fogo,
  devorando tudo completamente.
Vocês distorcem a justiça, tornando-a uma pílula amarga para os oprimidos.
  Tratam os justos como lixo.

Como vocês odeiam os juízes honestos!
  Como desprezam as pessoas que dizem a verdade!

O profeta

*Façam o bem e fujam do mal
  para que possam viver!
Então o Senhor Deus dos Exércitos Celestes os ajudará,
  assim como vocês reivindicaram.
Odeiem o mal e amem o que é bom;
  transformem seus tribunais em verdadeiros salões de justiça.
Talvez então o Senhor Deus dos Exércitos Celestes
  terá misericórdia dos remanescentes do seu povo.*

*Odeio todo o seu espetáculo e fingimento –
  a hipocrisia de suas festas religiosas e assembleias solenes.*

*Fora com seus hinos barulhentos de louvor!
Em vez disso, quero ver uma poderosa inundação de justiça,
  um rio sem fim de vida justa.*

*Que tristeza espera por vocês que descansam no luxo
  e vocês que se sentem seguros!
Vocês são famosos e populares,
  e as pessoas os procuram em busca de ajuda.
    Que terrível para vocês..."*

O Soberano Senhor jurou pelo seu próprio nome, e isto é o que ele, o Senhor Deus dos Exércitos Celestes, diz:

*"Desprezo a arrogância de Israel,
  e odeio suas fortalezas.
Vou entregar esta cidade
  e tudo que há nela aos seus inimigos."*

Amós 2,4-7. 13-16; 3,10; 5,6-7.
10. 14-15. 21. 23-24; 6,1. 4. 8e

Francine Rivers

Por que Deus estava irado com Judá? E com Israel?

De que maneira as queixas contra eles eram semelhantes às queixas contra as pessoas ao redor? E de que maneira eram diferentes?

Que advertências foram feitas? Que julgamentos foram prometidos?

O que mais podemos aprender sobre Deus nesta passagem?

O PROFETA

O QUE ESTÁ IMPLÍCITO SOBRE AMÓS? EXPLIQUE.

_____
_____
_____
_____

ENCONTRE O CAMINHO DE DEUS PARA VOCÊ

QUE SEMELHANÇAS VOCÊ VÊ, SE HOUVER, ENTRE O COMPORTAMENTO MOSTRADO NA PASSAGEM SEGUINTE E O QUE ESTÁ ACONTECENDO EM NOSSA NAÇÃO? EM NOSSAS IGREJAS? EM NOSSAS CASAS?

> Livre-se de todo comportamento maligno. Ponha fim ao engano, à hipocrisia, ao ciúme e à linguagem rude. Como um bebê recém-nascido, você deve desejar leite espiritual puro para crescer em uma experiência plena de salvação [...] agora que você provou a bondade do Senhor.
>
> 1 PEDRO 2,1-3

DO QUE NOS DIZEM QUE DEVEMOS NOS LIVRAR? O QUE NOS DIZEM PARA FAZER?

_____
_____
_____
_____

Do que você precisa se livrar?
_____
_____
_____
_____

Pare e pense

Caros amigos, como "residentes temporários e estrangeiros", eu os advirto de que devem se manter longe dos desejos mundanos que travam guerra contra a sua alma. Tenham o cuidado de viver adequadamente entre seus vizinhos incrédulos. Então, mesmo que eles os acusem de fazer algo errado, verão seu comportamento honroso e darão honra a Deus quando ele julgar o mundo.

1 Pedro 2,11-12

UM APELO DO PROFETA

BUSQUE A PALAVRA DE DEUS PARA A VERDADE

Leia a seguinte passagem:

O Senhor Soberano me mostrou uma visão. Eu o vi preparar o envio de um vasto enxame de gafanhotos sobre a terra. [...] Na minha visão, os gafanhotos comeram todas as plantas verdes à vista. Então eu disse: – Ó Soberano Senhor, por favor, perdoe-nos ou não sobreviveremos, pois Israel é tão pequeno

Então o Senhor abandonou esse plano. – Não vou fazer isso – ele disse.

Então o Senhor Soberano me mostrou outra visão. Eu o vi se preparar para punir seu povo com um grande incêndio. O fogo queimou as profundezas do mar e estava devorando toda a terra. Então eu disse: – Ó Soberano Senhor, por favor, pare ou não sobreviveremos, pois Israel é tão pequeno.

Então o Senhor também abandonou esse plano. – Não farei isso tampouco – disse o Senhor Soberano.

Então ele me mostrou outra visão. Eu vi o Senhor de pé ao lado de uma parede construída com fio de prumo. Ele estava usando um fio de prumo para ver se ela estava reta. E o Senhor me disse: – Amós, o que você vê?

Eu respondi: – Um fio de prumo.

E o Senhor respondeu: – Vou testar meu povo com esta linha de chumbo. Não vou mais ignorar todos os seus pecados. Os santuários pagãos de seus antepassados serão arruinados, e os templos de Israel serão destruídos; eu darei à dinastia do rei Jeroboão um fim repentino.

Amós 7,1-9

De que forma as duas primeiras visões eram semelhantes? E como eram diferentes?

_____
_____
_____
_____

Como Amós respondeu ao que o Senhor havia planejado nas duas visões? O que ele perguntou? Qual foi a resposta de Deus?

_____
_____
_____
_____

O profeta

De que maneira a terceira visão era diferente e qual foi a resposta de Amós? Que significado você vê, se houver, na terceira visão e nessa resposta?

_____
_____
_____
_____

O que podemos aprender sobre Deus com essas visões?

_____
_____
_____
_____

O que está implícito sobre Amós? Explique.

_____
_____
_____
_____

Encontre os caminhos de Deus para você

Tente se lembrar de uma ocasião em que você implorou a Deus em favor de alguém.

> Algum de vocês está doente? Você deve chamar os anciãos da igreja para vir orar sobre você, ungindo-o com óleo em nome do Senhor. Tal oração feita com fé cura os enfermos, e o Senhor o curará. E se você cometeu algum pecado, será perdoado. Confessem seus pecados uns aos outros e orem uns pelos outros para que possam ser

curados. A oração sincera de uma pessoa justa tem grande poder e produz resultados maravilhosos.

Tiago 5,14-16

Que instruções são dadas nesta passagem? Que condições são especificadas?
_____
_____
_____
_____

Que resultados devemos esperar? Por quê?
_____
_____
_____

Pare e pense

O Espírito Santo nos ajuda em nossas fraquezas. Por exemplo, não sabemos pelo que Deus quer que oremos. Mas o Espírito Santo ora por nós com gemidos inexprimíveis em palavras. E o Pai, que conhece todos os corações, sabe o que o Espírito está dizendo, pois o Espírito intercede por nós, crentes, em harmonia com a vontade de Deus.

Romanos 8,26-27

MENSAGEM DE RESTAURAÇÃO

Busque a palavra de Deus para a verdade

Leia a seguinte passagem:

"*Eu, o Soberano Senhor,
  estou observando esta nação pecadora de Israel.
Vou destruí-la
  da face da terra.
Mas nunca destruirei completamente a família de Israel*",
  diz o Senhor.
"*Porque darei a ordem
  que abalará Israel junto com as outras nações,
assim como o grão é sacudido na peneira,
  ainda assim, nenhum kernel verdadeiro será perdido.*

Nesse dia restaurarei a casa caída de Davi.
  Vou reparar suas paredes danificadas.
Das ruínas eu a reconstruirei
  e restaurarei sua antiga glória.
E Israel possuirá o que resta de Edom
  e todas as nações chamarei para serem minhas".
Disse o Senhor,
  e ele fará essas coisas.

"Chegará a hora", diz o Senhor,
"quando o grão e as uvas crescerão mais rápido
  do que podem ser colhidos.
Então as vinhas em terraços nas colinas de Israel
  vai pingar com vinho doce!
Eu trarei meu povo exilado de Israel
  de volta de terras distantes,
e eles vão reconstruir suas cidades em ruínas
  e viver nelas novamente.
Plantarão vinhas e jardins;
  eles comerão suas colheitas e beberão seu vinho.
Vou plantá-los firmemente lá
  em sua própria terra.
Eles nunca mais serão arrancados
  da terra que lhes dei",
  diz o Senhor seu Deus.

Amós 9,8-9. 11-15

O PROFETA

JUNTO COM O JULGAMENTO DE DEUS PARA DESENRAIZAR E JOEIRAR ISRAEL, O QUE DEUS PROMETE NUNCA FAZER?

QUE REINO SERIA RESTAURADO? DE QUE MANEIRA?

QUE OUTRA PROMESSA DEUS FEZ AO SEU POVO EXILADO?

QUE FRASES OFERECEM ESPERANÇA A ISRAEL?

QUE PERMANÊNCIA DEUS PROMETEU A ISRAEL?

O QUE PODEMOS APRENDER SOBRE DEUS COM ESSAS PROMESSAS?
_____
_____
_____

Busque os caminhos de Deus para você

QUAL DAS PROMESSAS DE RESTAURAÇÃO LISTADAS EM AMÓS 9 OCORREU PARA ISRAEL? EXPLIQUE.
_____
_____
_____
_____

> Humilhe-se sob o grande poder de Deus, e na hora certa ele o exaltará. [...]. Em sua bondade, Deus o chamou para compartilhar de sua glória eterna por meio de Jesus Cristo. Então, depois de você ter sofrido um pouco, ele vai restaurar, apoiar e fortalecer você, e colocá-lo em uma base firme.
>
> 1 PEDRO 5,6. 10

O QUE DEUS PROMETEU ÀQUELES A QUEM CHAMOU? QUAL É O NOSSO PAPEL?
_____
_____
_____
_____

O PROFETA

DE QUE MANEIRAS DEUS O RESTAUROU, APOIOU OU FORTALECEU?
_____
_____
_____
_____

Pare e pense

Oh, quão grandes são as riquezas, a sabedoria e o conhecimento de Deus! Quão impossível é para nós entender suas decisões e seus caminhos!

Romanos 11:33

A PROMESSA DO PROFETA

AMÓS COMO PROFETA

O Senhor enviou profetas para trazê-los de volta a ele. Os profetas os advertiram, mas mesmo assim o povo não quis ouvir.

2 CRÔNICAS 24,19

DE ACORDO COM ESTE VERSÍCULO, POR QUE DEUS ENVIOU PROFETAS A SEU POVO?

_____

_____

_____

Jesus lhes disse: – Um profeta é honrado em toda parte, exceto em sua própria cidade natal e entre sua própria família.

MATEUS 13,57

O profeta

COMO OS PROFETAS ERAM GERALMENTE TRATADOS?

_____
_____
_____

> Acima de tudo, você deve perceber que nenhuma profecia nas Escrituras veio do entendimento do próprio profeta ou de iniciativa humana. Não, aqueles profetas foram movidos pelo Espírito Santo, e falaram a Palavra de Deus.
>
> 2 PEDRO 1,20-21

QUEM É A FONTE DA VERDADEIRA PROFECIA?

_____
_____
_____

AMÓS COMO PASTOR

AMÓS ERA PASTOR DE PROFISSÃO. LEIA O QUE JESUS DISSE SOBRE PASTORES NA SEGUINTE PASSAGEM:

> Quem entra pela porta é o pastor do rebanho. [...] As ovelhas reconhecem sua voz e vêm a ele. Ele chama suas ovelhas pelo nome e as conduz para fora. [...]
> O bom pastor sacrifica sua vida pelas ovelhas. Alguém contratado correrá quando vir um lobo chegando. Vai abandonar as ovelhas porque não lhe pertencem e ele não é seu pastor. [...] Eu sou o bom pastor; conheço minhas ovelhas, e elas me conhecem.
>
> JOÃO 10,2-3. 11-12. 14

Como a experiência de Amós como pastor o preparou para ser um dos profetas de Deus? Como seu conhecimento de pastoreio o ajudou a responder ao chamado de Deus?

_____
_____
_____

AMÓS COMO JARDINEIRO

Além de seu trabalho como pastor, Amós também cuidava de figueiras. Leia o que Jesus disse sobre os jardineiros na seguinte passagem:

> [O jardineiro] corta todos os ramos [...] que não produzem frutos e poda os ramos que dão frutos para que produzam ainda mais. [...]. Um ramo não pode produzir frutos se for separado da videira.
> JOÃO 15,2. 4

Como cuidar das árvores pode ter ajudado Amós a entender a necessidade do julgamento de Deus?

_____
_____
_____

Como isso o teria preparado para obedecer a Deus, independentemente do que outros pensassem?

_____
_____
_____

O profeta

AMÓS E JESUS

Amós era um homem obediente. Seu pastoreio o preparou para estimular as pessoas de forma carinhosa. Suas habilidades de jardinagem lhe permitiram ver que as pessoas, como as plantas, precisam ter o crescimento selvagem e improdutivo movido para produzir frutos. Sua obediência – junto com seu treinamento – prenuncia outro profeta, Jesus. Jesus disse: "Eu sou o bom pastor" (João 10,14) e "Eu sou a verdadeira videira, e meu Pai é o jardineiro" (João 15,1).
No Apocalipse encontramos a advertência e a promessa profética de Jesus às igrejas:

> Vejam, em breve estou chegando! Bem-aventurados os que obedecem às palavras de profecia escritas neste livro. [...]. Vejam, em breve estou chegando, trazendo minha recompensa para retribuir a todas as pessoas de acordo com seus atos. [...]. Eu, Jesus, enviei meu anjo para dar esta mensagem para as igrejas. Sou a fonte de Davi e o herdeiro de seu trono. Sou a brilhante estrela da manhã. [...] Sim, estou chegando em breve!
>
> Apocalipse 22,7. 12. 16. 20

Que Jesus seja ouvido em nosso mundo, nossa nação, nossas igrejas, nossas casas. Que cada um de nós ouça e preste atenção ao seu chamado antes que ele venha!

SOBRE A AUTORA

Francine Rivers escreve há quase trinta anos. De 1976 a 1985, construiu uma carreira de sucesso e ganhou inúmeros prêmios. Depois de se tornar uma cristã renascida em 1986, Francine escreveu *Redeeming love* como declaração de fé.

Desde então, Francine publicou vários livros no mercado de CBA e conquistou tanto a aclamação da indústria quanto a fidelidade do leitor. Seu romance *The Last Sin Eater* ganhou a medalha de ouro do ECPA, e três de seus livros ganharam o prestigioso prêmio Romance Writers of America – RITA.

Francine diz que usa a escrita para se aproximar do Senhor, para que, por meio de seu trabalho, possa adorar e louvar Jesus por tudo que ele fez e está fazendo em sua vida.